i

为了人与书的相遇

阿 城

闲话闲说

中国世俗与中国小说

上海三联书店

漫画像，1985 年

说 明

此书是我一九八七年九月至一九九三年十一月间历次有关题目的讲谈集成。

目 录

自序 [1]

　　《闲话闲说》是一个讲谈系列，"中国世俗与小说"乃其中之一，其他还有另外的话题，例如讲玉，例如讲饮食，例如讲孔子，例如讲营造，例如讲电影电视，例如讲晚明晚清，等等等等。

　　"中国世俗与中国小说"是许多次讲谈的集成，场合多样，有的是付费演讲，有的是朋友间的闲聊。讲谈的对象很杂，他们或是专业知识分子，或是凡人朋友等等，总之都不是写小说或研究小说的人。工作之余，他们有时用小说消遣一下，没有洁癖，读得很杂。

1　此篇为一九九八年作家出版社版本的序言。

或许可以用法国人罗兰·巴特在《S/Z》中使用的阅读方法，他将巴尔扎克的短篇小说《沙拉桑》分为五百六十一个"阅读单位"，九十一个"枝节"，批评比原小说多出五六倍。我不怀疑听众和朋友们经过训练，都有能力这样来读小说，可是我知道，对听众演讲和与朋友闲谈，我们共通的知识财富是世俗经验。

世俗经验最容易转为人文的视角。如此来讲，最宜将理论化为闲话，将专业术语藏入闲说，通篇不去定义"世俗"，使听者容易听。

小说出版常会有事件，消息登在报纸杂志的社会版，有促销的作用，例如《废都》，例如先锋文学，例如王朔，例如"稀粥"，例如"女人"，将当场的随问随答收集起来，态度是批点。在不习惯批点的人听来，会认为是褒贬。

出版社对简体字版有所修改，好事者不妨将之与繁体字版对对看。

一九九七年十一月

这个话题，恐怕很难说清。

一个人能历得多少世俗？

又能读得多少小说？

况且每一篇小说又有不同的读法。

好在人人如此，倒也可以放心来讲。

放心来讲，却又是从何讲起？

世俗里的"世"，实在是大；

世俗之大里的"俗"，又是花样百出。

我因为喜欢这花样百出，姑且来讲一讲看。

一

不妨从我讲起。

我是公元第一千九百四十九年、中华民国第三十八年四月生人。中华人民共和国同年十月成立，所以我呢算是民国出生，共和国长大。

按共和国的"话语"讲，我是"旧中国"过来的人，好在只有半年，所以没有什么历史问题，无非是尿炕和啼哭吧。

现在兴讲"话语"这个词，我体会"话语"就是"一套话"的意思，也就是一个系统的"说法"。

在共和国的系统里，"历史问题"曾经是可以送去杀、关、管的致命话语，而且深入世俗，老百姓都知道历史问题是什么问题。

我出生前，父母在包围北平的共产党大军里，为我取名叫个"阿城"，虽说俗气，却有父母纪念毛泽东"农村包围城市"革命战略成功的意思在里面。十几年后去乡下插队，当地一个拆字的人说你这个"城"字是反意，想想也真是宿命。

回头来说我出生前，共产党从北平西面的山上虎视这座文化名城，虽然后来将北平改回旧称为北京，想的却是"新中国"。

因此一九四九年在这个城市出生的许多孩子或者叫"平生"，或者叫"京生"，自然叫"建国"的也不少。一九五六年我七岁，上小学一年级，学校里重名的太多，只好将各班的"京生""平生""建国"们调来换去。

二

　　大而言之，古代中国虽有"封建"与"郡县"两制之分，但两千多年是"郡县"的延续，不同是有的，新，却不便恭维。

　　虽然本无新旧，一旦王朝改姓，却都是称做"创立新朝"，那些典礼、手续和文告，从口气上体会，姑且算它做"创立新中国"吧。

　　次大而言之，一八九八年的戊戌变法，若将"郡县"改为"君主立宪"，也就真是一个新中国，因为这制度到底还没有过，可惜未成。

这之前四年的甲午战争，搞了三十年洋务的直隶总督北洋大臣李鸿章得知日本军舰刚刚换了新锅炉，节速比北洋水师军舰的高，在清廷主和以保实力。被动开战，则我旧中国人民不免眼睁睁看到了清廷海军的覆灭，留学英国回来的海军军事人才的折损。

这刺激比五十四年前与英国的鸦片战争要大，因为日本二十四年前才开始明治维新，全面学习西方。

"戊戌"之后清廷一九〇〇年相应变法，废除科举，开设学堂，派遣留学生，改定官制，准备推行三权分立的宪政，倒也按部就班。

此前一八七二年，已经容闳上议，清廷向美国派出第一批小童公费留学生，其中有我们熟知的一八八一年学成回国的铁路工程师詹天佑。

容闳自己则是一八四七年私费留学美国，入了美国籍，再回上海做买办。曾国藩委派他去美国买机器，他则建议清廷办合资公司。

你们看一个半世纪之后，拿了绿卡的中国留学生，还是在做同样的事情，这是有"古典"可寻的。

三

其实清廷有一项改革，与世俗之人有切肤的关系，即男人剪辫子。

也是按部就班，先海军，因为舰上机器极多，辫子绞进机器里很是危险，次新军，再次社会。

男人脑后留长辫，是满人的祖法。清廷改革中的剪辫，我认为本来是会震动世俗的，凡夫君子摸摸脑后，个个会觉得天下真要变了。

冲击视觉的形体变化是很强烈的，你们只要注意一下此地无处不在的广告当不难体会。

不过还没有剪到社会这一步，一九一一年，剪了辫子的新军在武昌造成辛亥革命，次年中华民国建立，清帝逊位。以当时四万万的人口来说，可算得是少流血的翻新革命。

秦始皇征战六国，杀人无算，建立一统的郡县制，虽然传递了两千年，却算不得善始。两千多年后，清帝逊位，可算得善终吧。

凡以汉族名分立的王朝，覆灭之后，总有大批遗民要恢复旧河山，比如元初、清初。

民初有个要复清的辫帅张勋，乃汉军旗，是既得满人利益的汉人。另一个例子是溥仪身边的汉人师傅郑孝胥。

日本人在关外立"满洲国"，关内的满人并不蜂拥而去。满族本身的复辟欲望，比较下来，算得淡泊，这原因没有见到什么人说过，我倒有些心得，不过是另外的话题了。

欧洲有个君主立宪小国，他们的虚位皇帝是位科学家，因为总要应付典礼实在无聊麻烦，向议会请废过几次，公民们却不答应。保鲜的活古董，又不碍事，留着是个乐子。另一个例子，你们看英国皇室的日常麻烦让几家英国报纸赚了多少钱！

　　设若君皇尚在虚位，最少皇家生日世俗间可以用来做休息的借口。海峡两岸的死结，君皇老儿亦有面子做调停，说两家兄弟和了吧，皇太后找两家兄弟媳妇儿凑桌麻将，不计输赢，过几天也许双方的口气真就软了，可当今简直就找不出这么个场面人儿。

　　不过这话是用来做小说的，当不得真。

四

　　若说清逊之后就是新中国，却叫鲁迅先生看出是由一个皇帝变成许多皇帝，写在杂文和小说里面。

　　冯玉祥将逊位的溥仪驱逐出紫禁城，中国的近代史几乎就是一部争做皇帝史，又是杀人无数，结果故宫博物院现在算是有两个。*

　　你们对中国的近当代史都熟，知道孙中山先生说过"革命尚未成功，同志仍需努力"。什么"革命"没

---

* 　文中个别字句删减处，以＊号标识，下同。——编者注

有成功？当然是指革命的结果新中国。相同的"志"是什么？当然还是新中国。

国民党共产党有一个相同词汇"新中国"，总也新不到一起去。[*]

以时髦论，恐怕中国共产党的新中国"新"一些。马克思主义和列宁主义，都是当时中国要学习的西方文化里的现代派，新而且鲜。

恩格斯"甲午战争"时才逝去，列宁则一直活到一九二四年，而且一九一七年的俄国革命，震动世界，建立一种从来没有见过的国家制度，不管后果如何，总是"新"吧？

中国从近代开始，"新"的意思等于"好"。

也就因此，我们看毛泽东从"新民主主义"到"无产阶级文化大革命"期间的历次经济和政治运动，起码话语中的毛泽东不断扫除一切的旧，是要建立一个超现实的新中国。

这些旧，包括戊戌变法甚至辛亥革命，算算到一九四九年最多也就五十年，从超现实的观念上来说，却已经旧了。

五

你们若有兴趣,翻翻四九年以来的中国大陆"运动"史,对近百年真是逐个儿清算。

举大家都熟悉的名字为例,从康有为梁启超到蔡元培胡适之梁漱溟俞平伯再到储安平齐白石,各色人等,正是大陆的近当代"落了个白茫茫大地真干净"红楼一梦,好画"最新最美的图画"。*

齐白石先生幸亏在新中国逝世得早,否则一九六六年有他的好看。

我家离北京宣武门外的琉璃厂近,小时候常去逛,

14

为的是白看画。六〇年代初，荣宝斋挂过一副郭沫若写的对联，上联是"人民公社好"，下联是"吃饭不要钱"，记不清有没有横批，总之是新得很超现实。不要说当时，就是现在，哪个国家可以吃饭不要钱？

六四年齐白石先生的画突然少了，几乎没有。听知道的人说，有个文化人买了齐白石画的一把扇子，回去研究，一面是农田里牧童骑牛，另一面题诗，最后的一句"劫后不值半文钱"，被认为是齐白石攻击土地改革的铁证，报到上面内部定案，于是不宜再挂齐白石的画。

到了一九六六年"横扫一切牛鬼蛇神"，其实已经没有什么可横扫的了，还是要横扫，竟持续了十年，之后不时发作，好像疟疾没有除根，总是要打摆子。

六

以一个超现实的新中国为号召，当然凡有志和有热情的中国人皆会趋之，理所当然，厚非者大多是事后诸葛亮，人人可做的。

这个超现实，也是一种现代的意思，中国的头脑们从晚清开始的一门心思，就是为迅速变中国为一个现代国家着急。凡是标明"现代"的一切观念，都像车票，要搭"现代"这趟车，不买票是不能上的。

看一九八〇年以前的中国大陆，你就能由直观觉出现实与观念有多大差距，你会问，现代在哪里？超出了多少现实？走马观花，下车伊始就可以，不必调查研究，大家都不是笨人。

但是，看一九六六年的中国大陆，你可能会在"艺术"上产生现代的错觉。

六六年六七年的"红海洋"、"语录"歌、"忠"字舞，无一不是观念艺术。想想《毛主席语录》再版前言"可以谱上曲唱，不靠观念，休想做得出来。你现在请中国最前卫的作曲家为现在随便哪天的《人民日报》社论谱个曲，不服气的尽管试试。李劫夫是中国当代最前卫的观念作曲家。

"红海洋"也比后来的"地景艺术"早了十年，毛主席像章可算做非商业社会的"普普艺术"（通译为"波普艺术"）吧。

六六年秋天我在北京前门外大街看到一面墙壁红底上写红字，二十年后，八六年不靠观念是搞不出来的，当时却很轻易，当然靠的是毛泽东的观念，靠的是"解放全人类"的观念。

凡属观念，一线之差，易为荒谬。比如"解放世界上三分之二的受苦人"的观念认为"世界上有三分

17

之二的人生活在水深火热之中"。

这样一种超现实国家的观念与努力，近十多年来，很多中国人不断在批判。当然不少人的批判，还不是"批判"这个词的原义，很像困狠了的一个哈欠，累久了的一个懒腰。

我呢，倒很看重这个哈欠或懒腰。

七

　　超现实国家所扫除的"旧"里，有一样叫"世俗"。一个很明显的事实是，一九四九年以后，中国的世俗生活被很快地破坏了。

　　五〇年代大陆有部很有名的电影叫《董存瑞》，讲的是一九四八年人民解放军攻克热河时炸掉堡垒桥的董存瑞的成长故事。电影里有个情节是农民牛玉合在家乡分了地，出来参加解放军，问他打败蒋介石以后的"理想"，说是回家种地，一亩地，两头牛，老婆孩子热炕头儿，大家就取笑他。董存瑞的呢？是建设新中国。

这两样都很感动人，董存瑞当然不知道他手托炸药包象征性地炸掉了"一亩地，两头牛，老婆孩子热炕头儿"。互助组，合作社，初级社，高级社，人民公社，一级比一级高级，超现实，现代，直到毛泽东的"五七"指示，自为的世俗生活早就消失了。

农民的自留地，总是处在随时留它不住的境界，几只鸡，几只鸭，都长着资本主义尾巴，保留一点物质上的旧习惯旧要求和可怜的世俗符号，也真是难。

一九六六年中国大陆的"无产阶级文化大革命"提出的破"四旧"，我问过几个朋友，近三十年了，都记不清是四样什么旧，我倒记得，是"旧习惯、旧风俗、旧思想、旧文化"。这四样没有一样不与世俗生活有关。

"新"的建立起来了没有呢？有目共睹，十年后中国大陆的"经济达到了崩溃的边缘"。

北京我家附近有一个饭馆，六六年"文化大革命"的时候贴过一张告示，大意是从今后只卖革命食品，也就是棒子面儿窝头，买了以后自己去端，吃完以后自己洗碗筷，革命群众须遵守革命规定。八六年的时候，同是这家饭馆，墙上贴了一条告示："本店不打骂顾客。"

中国共产党将组织延伸到基层，乡下的村子，工厂的班组，城市的街道。美国的黄仁宇先生屡屡论及蒋介石与国民党造成新中国的高层机构，毛泽东与共产党则造成新中国的低层机构，所差的是数目字管理。

我的经历告诉我，扫除自为的世俗空间而建立现代国家，清汤寡水，不是鱼的日子。

八

我七八岁的时候，由于家中父亲的政治变故，于是失去了参加新中国的资格，六六年不要说参加红卫兵，连参加"红外围"的资格都没有。

在书上的古代，这是可以"隐"的，当然隐是"仕"过的人的资格，例如陶渊明，他在田园诗里的一股恬澹高兴劲儿，很多是因为相对做过官的经验而来。老百姓就无所谓隐。

殊不知新中国不可以隐，很实际，你隐到哪里？说彭德怀元帅隐到北京西郊挂甲屯，其实是从新中国的高层机构"隐"到新中国的低层机构去了。

若说我是边缘人吧，也不对，新中国没有边缘。我倒希望"阶级斗争"起来，有对立，总会产生边缘，但阶级敌人每天认错，次次服输，于是新中国就制造一种新的游戏规则，你不属于百分之九十五，就属于百分之五。真是一种很奇怪的"数目字管理"。

我在云南的时候，上面派下工作组，跑到深山里来划分阶级成分。深山里的老百姓是刀耕火种，结绳记事，收了谷米，盛在麻袋里顶在头上另寻新地方去了，工作组真是追得辛苦。

更辛苦的是，不拥有土地所有权的老百姓，怎么来划分他们为"地主""富农""上中农""中农""下中农""贫农""雇农"这些阶级呢？所以工作组只好指派"成分"，建立了低层机构，回去交差，留下糊里糊涂的"地主""贫农"们继续刀耕火种。

九

　　还是在云南，有一天在山上干活儿，忽然见到山下傣族寨子里跑出一个女子，后面全寨子的人在追，于是停下锄头看，借机休息一下。

　　傣族是很温和的，几乎看不到他们的大人打孩子或互相吵架，于是收工后路过寨子时进去看一下。问了，回答道：今天一个运动，明天一个运动，现在又批林彪孔老二，一定是出了"琵琶鬼"，所以今天来捉"琵琶鬼"，看看会不会好一点。

　　这"琵琶鬼"类似我们说的"蛊"，捉"琵琶鬼"

是傣族的巫俗，若发生了大瘟疫，一族的人死到恐慌起来，就开始捉"琵琶鬼"烧掉，据说可以止瘟疫。

我在乡下干活儿，抽烟是苦久了歇一歇的正当理由，不抽烟的妇女也可在男人抽烟时歇。站在那儿抽烟，新中国最底层机构的行政首长，也就是队长，亦是拿抽烟的人没有办法，顶多恨恨的。

新中国地界广大，却是乡下每个村、城里每条街必有疯傻的人，疯了傻了的人，不必开会，不必学习中央文件，不必"狠斗私字一闪念"，高层机构低层机构的一切要求，都可以不必理会，自为得很。

设若世俗的自为境地只剩下抽烟和疯傻，还好意思叫什么世俗？

十

我上初中的时候，学校组织去北京阜成门内的鲁迅博物馆参观，讲解员说鲁迅先生的木箱打开来可以当书柜，合起来马上就能带了书走，另有一只网篮，也是为了装随时可带的细软。

我寻思这"硬骨头"鲁迅为什么老要走呢？看了生平展览，大体明白周树人的后半生就是逃跑，保全可以思想的肉体，北京、厦门、广州、上海，租界，中国还真有地方可避，也幸亏民国的北伐后只是建立了高层机构，让鲁迅这个文化伟人钻了空子。

不过这也可能与周树人属蛇有关系。蛇是很机敏的，它的眼睛只能感受明暗而无视力，却能靠腹部觉出危险临近而躲开，所谓"打草惊蛇"，就是行路时主动将危险传递给蛇，通知它离开。蛇若攻击，快而且稳而且准而且狠，"绝不饶恕"。

说到有地方可躲，若有当年鲁迅的条件，我看没有哪个愿意去欧洲来美国，水土不服就是个很大的问题，更不要说世俗规矩相差太多。

一九八四年我和几个朋友退职到社会上搞私人公司，当时允许个体户了，我也要透口气。其中一个朋友，回家被五〇年代就离休的父亲骂，说老子当年脑瓜掖在裤腰带上为你们打下个新中国，你还要什么？你还自由得有边没边？

我这个朋友还嘴，说您当年不满意国民党，您可以跑江西跑陕北，我现在能往哪儿跑？我不就是做个小买卖吗？自由什么了？

我听了真觉得是掷地有声。

我从七八岁就处于进退不得，其中的尴尬，想起来也真是有意思。长大一些之后，就一直琢磨为什么退不了，为什么无处退，念自己幼小无知，当然琢磨不清。

其实很简单，就是没有了一个可以自为的世俗空间。

十一

于是就来说这个世俗。

以平常心论，所谓中国文化，我想基本是世俗文化吧。这是一种很早就成熟了的实用文化，并且实用出了性格，其性格之强顽，强顽到几大文明古国，只剩下了个"好死不如赖活着"的中国。

老庄孔孟中的哲学，都是老人做的哲学，我们后人讲究少年老成，与此有关。只是比较起来，老庄孔孟的时代年轻，所以哲学显得有元气。

耶稣基督应该是还不到三十岁时殉难，所以基督教富青年精神，若基督五十岁殉难，基督教恐怕不会是现在这个样子。

我们若是大略了解一些商周甲骨文的内容，可能会有一些想法。那里面基本是在问非常实际的问题，比如牛跑啦，什么意思？回不回得来？女人怀孕了，会难产吗？问得极其虔诚，积了那么多牛骨头乌龟壳，就是不谈玄虚。早于商周甲骨文的古埃及文明的象形文字，则有涉及哲学的部分。

甲骨文记录的算是中国"世俗"观的早期吧？当然那时还没有"中国"这个概念。至于哲学形成文字，则是在后来周代的春秋战国时期。

我到意大利去看庞贝遗址，其中有个图书馆，里面的内容当然已经搬到拿波里(通译为那不勒斯)去了。公元七十九年八月，维苏威火山爆发，热的火山灰埋了当时有八百年历史的庞贝城，当然也将庞贝城图书馆里的泥板书烧结在一起。

三百年前发掘庞贝以后，不少人对这些泥板古书感兴趣，苦于拆不开，我的一位意大利朋友的祖上终于找到一个拆解的办法。

我于是问这个朋友，书里写些什么呢？朋友说，全部是哲学。吓了我一跳。

十二

道家呢，源兵家而来，一部《道德经》，的确讲到哲学，但大部分是讲治理世俗，"治大国若烹小鲜"，煎小鱼儿常翻动就会烂不成形,社会理想则是"甘其食，美其服，安其居，乐其俗"，衣、食、住都要好，"行"，因为"老死不相往来"，所以不提，但要有"世俗"可享乐。

"无为而无不为"我看是道家的精髓，"无为"是讲在规律面前，只能无为，热铁别摸；可知道了规律，就能无不为，你可以用铲子，用夹子，总之你可以动热铁了，"无不为"。后来的读书人专讲"无为"，是为了解决自己的困境，只是越讲越酸。

《棋王》里捡烂纸的老头儿也是在讲"无不为"，后来那个老者满嘴道禅，有点儿世俗经验的人都知道那是虚捧年轻人，其实就是为遮自己的面子，我自己遇到超过一个加强营的这种人，常常还要来拍我的肩膀摸我的头，中国人常用的世俗招法，话大得不得了，"中华之道"。我倒担心缺根弦儿的读者，当时的口号正是"振兴中华"，赢球儿就游行，失球儿就闹事，可说到底体育是什么呢？是娱乐。

爱因斯坦说民族主义就像天花，总要出的。我看民族主义虽然像天花，但总出就不像天花了。

汪曾祺先生曾写文章劝我不要一头扎进道家出不来，拳拳之意，我其实是世俗之人，而且过了上当中邪的年纪了。

道家的"道"，是不以人的意志为转移的自然秩序，所谓"天地不仁"。去符合这个秩序，是为"德"，违犯这个秩序的，就是"非德"。

十三

儒家呢，一本《论语》，孔子以"仁"讲"礼"，想解决的是权力品质的问题。说实在"礼"是制度决定一切的意思，但"礼"要体现"仁"。《孟子》是苦口婆心，但是倾向好人政府，是政协委员的口气。

孔、孟其实是很不一样的，不必摆在一起，摆在一起，被误会的是孔子。将孔子与历代儒家摆在一起，被误会的总是孔子。

我个人是喜欢孔子的，起码喜欢他是个体力极好的人，我们现在开汽车，等于是在高速公路上坐沙发，超过两个小时都有点累，孔子当年是乘牛车握轼木周游列国，我是不敢和他握手的，一定会被捏痛。

平心而论，孔子不是哲学家，而是思想家。传说孔子见老子，说老子是云端的青龙，这意思应该是老子到底讲了形而上，也就是哲学。

孔子是非常清晰实际的思想家，有活力，肯担当，并不迂腐，迂腐的是后来人。

后世将孔子立为圣人而不是英雄，有道理，因为圣人就是俗人的典范、样板，可学。

英雄是不可学的，是世俗的心中"魔"，《水浒》就是在讲这个。说"天下大乱，群雄并起"，其实常常是"群雄并起，天下大乱"。历代尊孔，就是怕天下乱，治世用儒，也是这个道理。

儒家的实用性，由此可见。

孔子说过"未知生，焉知死"，有点形而上的意思了，其实是要落实生，所以"未能事人，焉能事鬼"，这态度真是好，不像老子有心术。现在老百姓说"死都不怕，还怕活吗"，时代到底不一样，逼得越来越韧。

有时间的话，我们不妨从非儒家的角度来聊聊孔子这个人。

儒家的"道"，由远古的血缘秩序而来，本是朴素的优生规定，所以中国人分辨血缘秩序的称谓非常详细，"五服"之外才可通婚，乱伦是大罪过，"伦"就是道。

之后将血缘秩序对应到政治秩序上去，所以"父子"对"君臣"，父子既不能乱，君臣也就不许乱了。去符合这种"道"，是为"德"，破坏这种"秩序"的，就是"非德"。

常说的"大逆不道"，"逆"就是逆秩序而行，当然也就"不道"，同乱伦一样，都是首罪。

"道貌岸然"，也就是说你在秩序位置上的样子，像河岸一样不可移动错位。科长不可摆出局长的样子来。

所以儒家的"道"，大约可以用"礼"来俗说。我们现在讲待人要有礼貌，本义是对方处在秩序中的什么位置，自己就要做出相应的样貌来，所谓礼上的貌。上级对下级的面无表情，下级对上级的逢迎，你看着不舒服，其实是礼貌。

最先是尊礼的孔子觉得要改变点儿什么，于是提出了"仁"。

十四

道德是一种规定，道变了，相应的德也就跟着变。

像美国这样一种比较纯粹的资本主义秩序，钱就是道，你昨天是穷人，在道中的位置靠后，今天中了"六合彩"，你的位置马上移到前边去。

我认识的一位大陆女作家，在道中的位置也就是级别，有权坐火车"软卧"，对花得起钱也坐"软卧"的农民，非常厌恶，这也就是由"道"而来的对别人的"非德"感。中国人不太容暴发户，暴发户只有在美国才能活得体面自在。

五四新文化亦是因为要立新的道德，所以必须破除旧道德，"五千年的吃人礼教"。中国大陆的"文化大革命"，"破四旧立四新"，标榜的也是立新道德，内里是什么另外再论，起码在话语上继承五四革命传统的，我体会是中国共产党。

最看得见摸得着的"道德"是交通法规，按规定开车，"道貌岸然"，千万不可"大逆不道"。英国对交通的左右行驶规定与美国不同，"道不同不相为谋"，不必到英国去质问。

十五

有意思的是，诸子百家里的公孙龙，名家，最接近古希腊的形式逻辑，他的著作汉时还有十四篇，宋就只有六篇了，讲思辨的文字剩不到两千字。

虽然《道德经》也只有五千言，但公孙龙是搞辩论的，只剩两千字就很可惜。

一般来讲，不用的东西，容易丢。与庄周辩论的另一个名家惠施,要不是《庄子》提到,连影子都找不见。

这与秦始皇焚书有关，可秦始皇不烧世俗实用的书，例如医药书、种树的书，秦始皇烧思想。

能统一天下的人，不太会是傻瓜，修个长城，治下的百姓才会安全受苦。世俗不能保持，你搜刮谁呢？

可长城修到民不聊生，也就成了亡国工程。

八〇年代，中国社会科学院做过一个近代到当代的社会生活品质调查，不料是北洋军阀割据的时候生活最好。想想也是，今天张军阀来，地方上出钱打发了，明天李军阀来，地方上又出钱打发了，地方上真是有钱啊。

现在是，能不能打发张军阀另说，李军阀再来，只好"要钱没有，要命有一条"，口袋里真是空的。当然目前大陆世俗又开始有些钱了，于是才有能力打发一个又一个的官。

十六

常有人将道家与道教、儒家与儒教混说，"家"是哲学派别。

留传下来的儒道哲学既然有很强的实用成分，那么"教"呢？

鲁迅在《而已集·小杂感》里写过一组互不相干的小杂感，其中的一段杂感是："人往往憎和尚，憎尼姑，憎回教徒，憎耶教徒，而不憎道士。懂得此理者，懂得中国大半。"

这一组互不相干的小杂感里，最后一段经常被人引用，就是："一见短袖子，立刻想到白臂膊，立刻想到全裸体，立刻想到生殖器，立刻想到性交，立刻想到杂交，立刻想到私生子。中国人的想象惟在这一层能够如此跃进。"这好懂，而且我也是具有"如此跃进"想象力的人，不必短袖子。现在全裸的图片太多，反倒是扼杀想象力的。

可是"不憎道士"的一段，我却很久不能懂。终于是二十岁里的一天在乡下豁朗朗想通，现在还记得那天的痛快劲儿，而且晚上正好有人请吃酒。

什么意思？说穿了，道教是全心全意为人民，也就是全心全意为世俗生活服务的。

十七

　　道教管理了中国世俗生活中的一切，生、老、病、死、婚、丧、嫁、娶，也因此历来世俗间暴动，总是以道教为号召，从陈胜吴广、黄巾赤眉、汉末张角一路到清末的义和拳，都是。不过陈胜那时用的还是道教的来源之一巫筮。

　　隋末以后，世俗间暴动也常用弥勒佛为号召，释迦牟尼虽是佛教首领，但弥勒下世，意义等同道教，宋代兴起一直到清的白莲教，成分就有弥勒教。

　　太平天国讲天父，还要讲分田分地这种实惠，才会一路打到南京，而洪家班真的模仿耶教，却让曾国藩抓到弱点，湘军焉能不胜太平军？

道教由阴阳家、神仙家来，神仙家讲究长生不老，不死，迷恋生命到了极端。

"一人得道，鸡犬升天"，都成仙了，仍要携带世俗，就好像我们看中国人搬进新楼，阳台上满是旧居的实用破烂。

道教的另一个重要资源是巫筮，翻一翻五千多卷的《道藏》，符咒无数，简直就是"十万个怎么办"，不必问为什么，照办，解决问题就好。

巫教道教原来是没有偶像神的，有形象的是祥兽、羽人。张光直先生说"食人卣"上祥兽嘴里的那个人是巫师，祥兽送巫师上天沟通，我相信这样的解释，而怀疑李泽厚先生在《美的历程》里的"狞厉的美"。

彝器供之高堂，奴隶既无资格看见，怎么会被"狞厉"吓到？奴隶应该是不准进电影院看"恐怖"片的人。"食人"卣，"狞厉"美，是启蒙以后的意识形态的判断。

回到话题来，佛教传入后，道教觉到了威胁。

佛教一下带那么多有头有脸的神来竞争，道教也就开始造偶像神，积极扩充本土革命队伍，例如门神的神荼郁垒终于转为秦叔宝和尉迟敬德。

《封神演义》虽是小说，却道着了名堂。名堂就是，道教的神，是由世俗间的优秀分子组成，这个队伍越来越壮大，世俗的疾苦与希望，无不有世俗所熟悉的人来照顾，大有熟人好办事的意思，天上竟一派世俗烟火气。

十八

这些年来大陆兴起的气功热、特异功能热、《易经》热，都是巫道回复，世俗的实际需要。不解决世俗实际的"信仰"失落，传统信仰当然复归。

……

以道教来说，还真应了《棋王》结尾那个秃头老儿的大话：中华之道，毕竟不颓。*

人类学家不妨记录一下我们亲见的一个活人怎样变为一个道教神的过程，人证物证都还在，修起论文，很是方便。

十九

再来看儒教。

举例来说，儒家演变到儒教的忠、信，是对现实中的人忠和信。

孝，是对长辈现实生活的承担。

仁，是尊重现实当中的一切人。

贞，好像是要求妻子忠于死去的丈夫，其实是男人对现实中的肉欲生活的持久独占的哀求，因为是宋以后才塞进儒教系统的，是礼下庶人的新理性，与世俗精神有冲突，所以经常成为嘲笑的对象。

礼、义、廉、耻、忠、信、恕、仁、孝、悌、贞、节……一路数下来，从观念到行为，无不是为维持世俗社会的安定团结。

讲到这种关头，你们大概也明白常提的"儒道互补"，从世俗的意义说来，不是儒家道家互补，而是儒教管理世俗的秩序，道教负责这秩序之间的生活质量。

这样一种实际操作系统，中国世俗社会焉能不"超稳定"？

二十

　　而且，这样一个世俗操作系统，还有自身净化的功能。

　　所谓世俗的自身净化，就是用现实当中的现实来解决现实的问题。比如一个人死了，活着的亲人痛哭不止，中国人的劝慰是：人死如灯灭，死了的就是死了，你哭坏了身体，以后怎么过？哭的人想通了，也就是净化之后，真的不哭了。

　　悲，欢，离，合，悲和离是净化，以使人更看重欢与合。

可以说，中国的世俗实用精神，强顽到中国从传统到现实都不会沉浸于宗教，长得烦人的历史中，几乎没有为教义而起的战争。

中国人不会为宗教教义上的一句话厮杀，却会为"肏你妈"大打出手，因为这与世俗生活的秩序、血缘的秩序有关，"你叫我怎么做人"？在世俗中做个人，这就是中国世俗的"人的尊严"，这种尊严毫不抽象。

中国古代的骂阵，就是吃准了这一点，令对方主帅心里气恼，面子上挂不住，出去应战，凶吉未卜。我在乡下看农民或参加知青打架，亦是用此古法。

二十一

再者，我们不妨找两个例子来看看中国世俗的实用性如何接纳外来物的。

中国人的祖宗牌位，是一块长方形的木片，就是"且"字，甲骨文里有这个字，是象形的鸡巴，学名称为阴茎，中国人什么都讲究个实在。我前面已经讲过中国人对祖先亲缘的重视。

母系社会的祖是"日"，写法是一个圆圈当中一点，象形的女阴，也是太阳。中国不少地区到现在还用"日"来表示性行为。甲骨文里有这个字，因为当中的一点，有人说是中华民族很早就对太阳黑子有认识，我看是瞎起劲。

比起父系社会的"且"，"日"来得开阔多了。

后来父系社会夺了这个"日"，将自己定为"阳"，女子反而是"阴"，父者千虑，必有一失，搞不好，这个"日"很容易被误会为肛门的象形。

中国古早的阴阳学说，我总怀疑最初是一种夺权理论，现在不多谈。

男人自从夺了权，苦不堪言，而且为"阳刚"所累。世俗间颓丧的多是男子，女子少有颓丧。

女子在世俗中特别韧，为什么？因为女子有母性。因为要养育，母性极其韧，韧到有侠气，这种侠气亦是妩媚，世俗间第一等的妩媚。我亦是偶有颓丧，就到热闹处去张望女子。

明末到中国来的传教士，主张信教的中国老百姓可以祭祖先，于是和梵蒂冈的教皇屡生矛盾。结果是，凡教皇同意中国教民祭祖的时候，上帝的中国子民就多，不同意，就少。

耶稣会教士利玛窦明末来中国，那时将"耶稣"

译成"爷苏"，爷爷死而苏醒，既有祖宗，又有祖宗复活的奇迹，真是译到中国人的心眼儿里去了。

天主教中的天堂，实在吸收不了中国人，在中国人看来，进天堂的意思就是永远回不到现世了。反而基督的能治麻风绝症，复活，等同特异功能，对中国人吸收力很大。

原罪，中国人根本就怀疑，拒绝承认，因为原罪隐含着对祖宗的不敬。

二十二

另一个例子是印度佛教。

印度佛教西汉末刚传入的时候，借助道术方技，到南北朝才有了声势，唐达于鼎盛，鼎盛也可以形容为儒、道、释三家并立。其实这时的佛教已是中国佛教的意义了。

例如印度佛教轮回的终极目的是要脱离现实世界，中国世俗则把它改造为回到一个将来的好的现实世界，也就是说，现在不好，积德，皈依，再被生出来，会好。这次输了，再开局，也许会赢，为什么要离开赌场？

释迦牟尼的原意是离开赌场。

观音初传到中国的时候，还是个长胡子的男人，后来变成女子，再后来居然有了"送子观音"。

这也怪不得中国人情急时是"阿弥陀佛""太上老君"一起喊的，不想一想也许天上就像海峡两岸的官员，避不见面，结果可能哪一方也不来搭救。

佛祖也会呵呵大笑的，因为笑并不坏慈悲。

说到中国佛教的寺庙，二十四史里的《南齐书》记载过佛寺做典当营生，最早的中国当铺就是佛寺。

唐代的佛寺，常常搞拍卖会，北宋时有一本《禅苑清规》，详细记载了拍卖衣服的过程，拍卖之前，到处贴广告，知会世俗。

元代的时候，佛寺还搞过类似现在彩票的"签筹"，抽到有奖。

佛寺的放贷、收租，是我们熟知的。鲁迅的小说《我的师父》，汪曾祺的小说《受戒》，都写到江南的出家人几乎与世俗之人无甚差别。

我曾见到过一本北洋政府时期北京广济寺住持和尚写的回忆录，看下来，这住持确是个经理与公关人才。

住持和尚不念经是合理的，他要念经，一寺的和尚吃什么？

美国洛杉矶有个西来寺，是星云法师所建。不少大陆来的朋友对星云很是疑惑，觉得他是个政治和尚。我看星云法师是继承了中国佛教的传统，大陆朋友的疑惑，正是中国佛教在大陆失去世俗传统所致。

星云法师和四九年前大陆的太虚法师都提倡"人间佛教"，这"人间佛教"我看是世俗佛教的意思。西来寺的和尚尼姑开车去洛杉矶的大学修企业管理，寺庙成为"企业"，正是佛教的生路。西来寺有了钱，正在将《大藏经》电脑化，这是功德。

印度佛教东来中国的时候，佛教在印度已经处于灭亡的阶段，其中很大的原因是印度佛教的出世，中国文化中的世俗性格进入佛教，原旨虽然变形，但是流传下来了。

大英博物馆藏的敦煌卷子里，记着一条女供养人的祈祷，求佛保佑自己的丈夫拉出屎来，因为他大便干燥，痛苦万分。

二十三

至于禅宗，更是被改造到极端。

中国禅宗认为世界实在得不得了，根本无法用抽象来表达，所以禅宗否定语言，"不立文字"。"说出的即不是禅"，已经劈头一棍子打死了，你还有什么废话可说！

你们可以反问既然不立文字，为什么倒留下了成千上万言的传灯公案？

我的看法是因为世界太具体，所以只能针对每个人的不同，甚至每个人不同时期的实在状态，给予不同点拨。如果能用公案点拨千万人，中国禅宗的"万物皆佛"也就是妄言诳语，自己打自己的嘴巴了。

所谓公案，平实来看，就是记录历代不同个人状态的个案，而留下的一本流水账，实际是"私案"。现代人被那个"公"字绕住了，翻翻可以，揪住一案，合自己的具体状态，还好说，不合的话，至死不悟。

"说出的即不是禅"是有来头的，老子说，"道，可道，非常道"，可以说出来的那个道，不是道，已经在否定"说"了。庄子说，"得鱼忘筌"，捕到鱼后，丢掉打鱼的篓子，也是在否定"说"，不过客气一点。有一个相同意思的"得意忘形"，我们现在用来已不全是原意了。

据胡适之先生的考证，禅宗南宗的不立文字与顿悟，是为争取不识字的世俗信徒。如此，则是禅宗极其实用的一面。

二十四

既然是实用的世俗文化系统，当然就有能力融合外来文化，变化自身，自身变化。

有意思的是，这种不断变化，到头来却令人觉得是保持不变的。我想造成误会的是中国从秦始皇"书同文"以后的方块象形字几乎没有变。汉代的木简，我们今天读来没有困难，难免让人恍惚。

你们都知道宋朝的李清照，她的丈夫赵明诚好骨董，李清照写《金石录后序》讲到战乱时如何保留收藏，说是插图多的书先丢，没有款识的古器先丢，原则是留下文字最为重要。读书人认为文字留下了，根也就保住了。

不识字的中国老百姓也晓得"敬惜字纸"，以前有字的纸是要集中在一起烧掉的，类似一种仪式，字，是有神性的。记得听张光直先生说中国文字的发生是为通人神，是纵向的，西方文字是为传播，是横向的。

我想中国诗发生成熟得那样早，而且诗的地位最高，与中国字的通神作用有关吧。这样地对待文字，文字焉敢随便变化？

我们可以注意一下词，词的变化和新词很多。大体说来，翻译佛经产生了很多新词，像"佛"、"菩萨"、"罗汉"、"金刚"、"波罗蜜"等等。

第二次是元杂剧，为了记录游牧民族带来的叠音，像"呼啦啦"、"滑溜溜"等等。有个朋友问我"乌七麻黑"怎么写，我说"乌七麻"大概是以前北方游牧民族带来的形容"黑"的词的音写，或者"七麻"是，加在"乌黑"当中，也许都是语音助词，总之多么多么"黑"就是了，将"乌"和"黑"写对，其他随便。

第三次仍然是为了适应外来文明，也就是近代。

科学中化学名词最明显，生生造出许多化学元素的表音表义字，等于词。明末徐光启、李之藻那辈人翻译欧洲传来的数学天文知识，中国字词将将够，对付过去了。清末以后,捉襟见肘,说了几十年的"社会主义"、"共产主义"、"资本主义"、"反动"、"主任"、"主席"、"主观"、"传统"等等等等，都是外来语，直接从日本搬来的词形。鲁迅讲"拿来主义"，他们那个时代，正是拼命拿来的时代。

二十五

我们看现在读书人的文章，外来的关键词不胜枚举，像什么"一元论"、"人道"、"人权"、"人格"、"人生观"、"反映"、"原理"、"原则"、"典型"、"肯定"、"特别"、"直觉"、"自由"、"立场"、"民族"、"自然"、"作用"、"判断"、"局限"、"系统"、"表现"、"批评"、"制约"、"宗教"、"抽象"、"政策"、"美学"、"客观"、"思想"、"背景"、"相对"、"流行"、"条件"、"现代"、"现实"、"理性"、"假设"、"进化"、"教育"、"提供"、"极端"、"意志"、"意识"、"经验"、"解决"、"概念"、"认为"、

"说明"、"论文"、"调节"、"紧张"，大概有五百多个。

我知道我再举下去，你们大概要疯了，而以上还只是从日文引进中文的几个例子，而且不包括直接译自西方的词，比如译自英文 Engine 的"引擎"，Index 的"引得"，"引得"后来被取自日文的"索引"代替了。

如果我们将引进的所有汉字形日文词剔除干净，一个现代的中国读书人几乎就不能写文章或说话了。

你们若有兴趣，不妨找上海辞书出版社的《汉语外来词词典》来看看，一九八四年初版，收词相当谨慎。我的一本是一九八五年在湖南古丈县城的书店里买到，一边看一边笑。

二十六

从世俗本身来讲，也是一直在变化的，不妨多看野史、笔记。

不过正史也可读出端倪，中国历代的皇家，大概有一半不是汉人。孟子就说周文王是"西夷之人"。秦更被称为"戎狄"。常说的唐，皇家的"李"姓，是李家人还没当皇帝时被恩赐的。这李家人生"虬髯"，也就是卷毛连鬓胡子，不是蒙古人种，唐太宗死前嘱咐"丧葬当从汉制"，生怕把他当胡人埋了。

陈寅恪先生的《唐代政治史述论稿》上篇《统治

阶级之氏族及其升降》里的考证非常详细，你们有兴趣不妨读读，陈先生认为种族与文化是李唐一代史事的关键，实在是精明之论。

我去陕西看章怀太子墓，里面的壁画，画的多是胡人，这位高干子弟交的净是外国朋友，更不要说皇家重用的军事大员安禄山是突厥人，史思明是波斯人。安禄山当时镇守的河北，通行胡语，因此有人去过了河北回来忧心忡忡，认为安禄山必反。

唐朝人段成式的《酉阳杂俎》，你们若有兴趣，拿来当闲书读，一天一小段，唐的世俗典故，物品来源，写得健朗。

也是唐朝人的崔令钦的《教坊记》，现在有残卷，里面记的当时唐长安、洛阳的世俗生活，常有世俗幽默，又记下当年的曲名，音乐大部分是外来的，本来的则专称"清乐"。

二十七

我想唐代多诗，语句比后世的诗通俗，是因为新的音乐进来。

唐诗应该是唱的，所谓"装腔"，类似填词，诗配腔，马上就能唱，流布开来。

唐传奇里有一篇讲到王之涣与另外两个大诗人在酒楼喝酒，听到旁边有一帮伎女唱歌，于是打赌看唱谁的诗多。

我们觉得高雅的唐诗，其实很像现在世俗间的流行歌曲、卡拉OK。

白居易到长安，长安的名士顾况调侃他说"长安米贵，白居不易"，意思是这里米不便宜，留下来难哪，这其实是说流行歌曲的填词手竞争激烈。

白居易讲究自己的诗通俗易懂，传说他做了诗要去念给不识字的妇女小孩听，这简直就把通俗做了检验一切的标准了。

做诗自己做朋友看就是了，为什么会引起生存竞争？看来唐朝的诗多商业行为的成分，不过商品质量非常高，伪劣品站不住脚。

唐代有两千多诗人的五万多首诗留下来，恐怕靠的是世俗的传唱。

唐的风采在灿烂张狂的世俗景观，这似乎可以解释唐为什么不产生哲学家，少思想家。

二十八

　　大而言之，周，秦，南北朝，隋唐，五代，元，清，皇家不是汉人。辛亥革命的"驱逐鞑虏，恢复中华"若说的是恢复到明，明的朱家却是回族，这族谱保存在美国。

　　汉族种性的纯粹，是很可怀疑的，经历了几千年的混杂，你我都很难说自己是纯粹的汉人。在座有不少华裔血统的人生连鬓胡须，这就是胡人的遗传，蒙古人种的是山羊胡子，上唇与下巴的胡须与鬓并不相连。

　　中国历代的战乱，中原人不断南迁。广东人说粤语是唐音，我看闽南语亦是古音，以这两个地区的语音读唐诗，都在韵上。

北方人读唐诗，声音其实不得精神，所以后来专有金代官家的"平水韵"来适应。毛泽东的诗词大部分用的就是明清以来做近体诗的平水韵。

所谓的北方话，应该是鲜卑语的变化，例如入声消失了。你想北方游牧民族骑在马背上狂奔，入声音互相怎么会听得到？听不到岂不分道扬镳，背道而驰？入声音是会亡族灭种的。

大陆说的普通话，台湾说的"国语"，都是北方游牧民族的话。杭州在浙江，杭州话却是北方话。北宋南迁，首都汴梁也就是现在的开封，转成了南宋的临安也就是现在的杭州，想来杭州话会是宋时的河南话？

殷人大概说的是最古的汉话，因为殷人是我们明确知道的最古的中原民族，不过炎帝治下的中原民族说的话，也可算是汉话，也许我们要考一考苗瑶的语言？不过这些是语言历史学者的领域，我无非在说大汉民族其实是杂种。

二十九

　　我去福建，到漳浦，县城外七十多里吧，有个"赵家城"在山里头，原来是南宋宗室赵若和模仿北宋的汴梁建了个迷你石头城，为避祸赵姓改姓黄。过了一百年，元朝覆亡，黄姓又改回姓赵。汴京有两湖，"赵家城"则有两个小池塘模仿着。城里有"完璧楼"，取"完璧归赵"的意思。

　　我去的时候城里城外均非人民公社莫属，因为石头城保存得还好，令我恍惚以为宋朝就有了人民公社。

　　中国南方的客家人保存族谱很认真，这是人类学的一大财富。中国人对汉族的历史认真在二十几史，少有人下死功夫搞客家人的族谱，他们的语言、族谱、传说，应该是中原民族的年轮，历代"汉人""客"来"客"去的世俗史。

我去纽约哥伦比亚大学的东亚图书馆，中国的原版地方志多得不得了，回北京后说给一个以前在琉璃厂旧书铺的老伙计听。

我这个忘年交说，辛亥革命后，清朝的地方志算是封建余孽，都拉到琉璃厂街两边儿堆着，好像现在北京秋后冬储菜的码法儿。日本人先来买，用文明棍儿量高，一文明棍儿一个大铜子儿拿走，日本人个儿矮棍儿也短，可日本人懂。后来西洋人来买，西洋人可是个儿高棍儿也长，还是一文明棍儿一个铜子儿拿走。不教他们拿走，也是送去造纸，堆这儿怎么走道儿呀？

中国的"文化大革命"是从秦始皇开始的传统，之前的周灭商，周却是认真学习商的文明制度。我们看陕西出土的甲骨上的字形，刻得娟秀，一副好学生的派头。孔子是殷人的后裔，说"吾从周"，听起来像殷奸的媚语，其实周礼学殷礼，全盘"殷"化，殷亡，殷人后裔孔子坦然从周，倒是有道理的。

秦始皇以后，历代常常是民族主义加文化小革命，一直到辛亥革命的"驱逐鞑虏，恢复中华"，都是。元朝最初是采取种族灭绝政策，汉人的反弹是"八月十五杀鞑子"。

之后一九六六年的"文化大革命"，新鲜在有"无产阶级"四个字，好像不关种族了，其实毁起人来更是理直气壮的超种族。论到破坏古迹，则太平天国超过"无产阶级文化大革命"。

三十

现在常听到说中国文化只剩下一个吃，但中国世俗里如此讲究吃，无疑是看重俗世的生活质量吧？

我八五年第一次去香港，当下就喜欢，就是喜欢里面世俗的自为与热闹强旺。说到吃，世间上等的烹调，哪国的都有，而且还要变化得更好，中国的几大菜系就更不用说了。

粤人不吃剩菜，令我这个北方长成的人大惊失色，北方谁舍得扔剩菜？从前北京有一种苦力常吃的饭食叫"折箩"，就是将所有的剩菜剩饭汇在一起煮食。我老家的川菜，麻辣的一大功能就是遮坏，而且讲究回锅菜，剩菜回一次锅，味道就深入一层。

中国对吃的讲究，古代时是为祭祀，天和在天上的祖宗要闻到飘上来的味儿，才知道俗世搞了些什么名堂，是否有诚意，所以供品要做出香味，味要分得出级别与种类，所谓"味道"。远古的"燎祭"，其中就包括送味道上天。《诗经》、《礼记》里这类郑重描写不在少数。

前些年大陆文化热时，用的一句"魂兮归来"，在屈原的《楚辞·招魂》里，是引出无数佳肴名称与做法的开场白，屈子历数人间烹调美味，诱亡魂归来，高雅得不得了的经典，放松来读，是食谱。

咱们现在到无论多么现代化管理的餐厅，照例要送上菜单，这是古法，只不过我们这种"神"或"祖宗"要付钞票。

商王汤时候有个厨师伊尹，因为烹调技术高，汤就让他做了宰相，烹而优则仕。那时煮饭的锅，也就是鼎，是国家最高权力的象征，闽南话现在仍称锅为鼎。

极端的例子是烹调技术可以用于做人肉，《左传》、

《史记》都有记录，《礼记》则说孔子的学生子路"醢矣"，"醢"读如"海"，就是人肉酱。

转回来说这供馔最后要由人来吃，世俗之人嘴越吃越刁，终于造就一门艺术。

香港的饭馆里大红大绿大金大银，语声喧哗，北人皆以为俗气，其实你读唐诗，正是这种世俗的热闹，铺张而有元气。

香港人好鲜衣美食，不避中西，亦不贪言中华文化，正是唐代式的健朗。

三十一

　　大陆人总讲香港是文化沙漠,我看不是,什么都有,端看你要什么。比如你可以订世界上任何地方的任何书,很快就来了,端看你订不订,这怎么是沙漠?

　　香港又有大量四九年居留下来的大陆人,保持着自己带去的生活方式,于是在大陆已经消失的世俗精致文化,香港都有,而且是活的。

　　任何时候,任何地方,沙漠都在心里。

　　你们若是喜欢看香港电影,不知道了不了解香港是没有电影学院的。依我看香港的电影实在令人惊奇。

以香港的人口计算，香港好演员的比例惊人。你们看张曼玉，五花八门都演的，我看她演阮玲玉，里弄人言前一个转身，之绝望之鄙夷之苍凉，柏林电影奖好像只有她这个最佳女演员是给对了。

香港演员的好，都是从世俗带过来的。这就像一九四九年以前中国电影演员的好，比如阮玲玉、石挥、赵丹、上官云珠、李纬的好，也是从世俗带过来的。现在呢，《阿飞正传》这种电影，也只有香港才拍得出来。

那次我回去坐飞机到北京，降落时误会是迫降，因为下面漆黑一片。入得市内，亦昏暗，饭馆餐厅早已关门，只好回家自己下一点面吃，一边在灯下照顾着水开，一边想，久居沙漠而不知是沙漠呀。

三十二

中国的世俗里，有个特点很有意思，就是下层上层之间的不断循环混合。

"何不食肉糜"之所以成为笑话，说明整个社会要求的是沟通明白。"王侯将相，宁有种乎"则质说权力与民间是可以循环的。

孔子提出"有教无类"，产生了后来的两个结果。一是所谓"布衣宰相"，也就是通过教育和后来的科举取士，下层人可以到上层去。二是因为教育思想的统一，整个社会人员虽然在循环，但都出不了统一的圈，黄仁宇先生的《万历十五年》将这一点讲得非常明白。

八五年我在香港看陈公博的《苦笑录》，其中讲到当年"马日事变"，陈坐专列从南京到长沙去问究竟，近到长沙，陈下车钻到杀共产党的军队里，说共产党打土豪分田地是为你们这些贫苦农民的，你们为什么倒要去杀共产党？士兵说共产党杀的是我们一姓的人呀。陈公博是中国共产党的创始人之一，当下领悟，不去长沙回南京了。

你们看《毛泽东选集》第一卷第二篇《湖南农民运动考察报告》，显然在学苏共的消灭地主富农阶级的方法，可当时湖南的名绅学问家叶德辉被杀，毛泽东自己也吓了一跳。

马克思、恩格斯的阶级论，并不错的，但它针对英国的阶级状况而言，贵族再穷，还是贵族，工人再有本事，还是工人，阶级之间不通。

阶级论拿到当时的中国，马嘴就有些对不上牛头。中国历代皇家，除了赐爵位，更重要的是赐姓，甚至皇家自己的姓，例如唐皇的"李"，也是前朝赐的。

民间说蒙古人占了中原，杀"赵钱孙李周吴郑王"

79

八姓，因为这八姓是大姓，杀光则汉人即失元气。后世骂人"忘八"，意思是忘了汉人祖宗，不忠不孝，后来演成"王八"，倒把龟糟蹋了，唐朝时"龟"还是美意。

三十三

中国读书人对世俗的迷恋把玩，是有传统的，而且不断地将所谓"雅"带向俗世，将所谓"俗"弄成"雅"，俗到极时便是雅，雅至极处亦为俗，颇有点"前'后现代'"的意思。不过现在有不少雅士的玩儿俗，一派"雅"腔，倒是所谓的媚俗了。

你们若有兴趣，不妨读明末清初的张岱，此公是个典型的迷恋世俗的读书人，荤素不避，他的《陶庵梦忆》有一篇《方物》，以各地吃食名目成为一篇散文，也只有好性情的人才写得来。

当代的文学家汪曾祺常常将俗物写得很精彩，比如咸菜、萝卜、马铃薯。古家具专家王世襄亦是将鹰、狗、鸽子、蛐蛐儿写得好。肯定这些，写好这些，靠的是好性情。

中国大陆前十年文化热里有个民俗热，从其中一派惊叹声中，我们倒可以知道雅士们与俗隔绝太久了。

有意思的是，不少雅士去关怀俗世匠人，说你这是艺术呀，弄得匠人们手艺大乱。

野麦子没人管，长得风风火火，养成家麦子，问题来了，锄草，施肥，灭虫，防灾，还常常颗粒无收。对野麦子说你是伟大的家麦子，又无能力当家麦子来养它，却只在客厅里摆一束野麦子示雅，个人玩儿玩儿还不打紧，"兼济天下"，恐怕也有"时日曷丧"的问题。

我希望的态度是只观察或欣赏，不影响。

三十四

　　若以世俗中的卑陋丑恶来质问，我也真是无话可说。

　　说起来自己这几十年，恶的经验比善的经验要多多了，自己亦是爬滚混摸，靠闪避得逞至今。所谓"俗不可耐"，觉到了看到了也是无可奈何得满胸满腹，再想想却又常常笑起来。

　　揭露声讨世俗人情中的坏，从《诗经》就开始，直到今天，继续下去是无疑的。

　　中国世俗中的所谓卑鄙丑恶，除了生命本能在道德意义上的盲目以外，我想还与几百年来"礼下庶人"

造成的结果有关，不妨略说一说。

本来《礼记》中记载古代规定"刑不上大夫，礼不下庶人"，讲的是礼的适用范围不包括俗世，因此俗世得以有宽松变通的余地，常葆生机。

孔子懂这个意思，所以他以仁讲礼是针对权力阶层的。

战国时代是养士，士要自己推荐自己，尚无礼下庶人的迹象。

西汉开始荐举，荐举是由官员据世俗舆论，也就是"清议"来推荐新的官员，这当中还有许多重要因素，但世俗舆论中的道德评判标准，无疑是荐举的标准之一。汉代实现"名教"、"清议"说明"名教"扩散到俗世间，开始礼下庶人。汉承秦制，大一统的意识形态是否促进了礼下庶人呢？

魏晋南北朝的臧否人物和那时的名士行为，正是对汉代延续下来的名教的反动。

从记载上看，隋唐好一些。

礼下庶人，大概是宋开始严重起来的吧，朱熹讲到有个老太太说我虽不识字，却可以堂堂正正做人。这豪气正说明"堂堂正正"管住老太太了，其实庶人不必有礼的"堂堂正正"，俗世间本来是有自己的风光的。

明代是礼下庶人最厉害的时候，因此贞节牌坊大量出现，苦贞、苦节，荼害世俗。晚明读书人的颓风，或李贽式的特立独行，亦是对礼下庶人的反动。

清在礼下庶人这一点上是照抄明。王利器先生辑录过一部《元明清三代禁毁小说戏曲史料》，分为"中央法令"、"地方法令"、"社会舆论"三部分，仅这样的分法，就见得出礼下庶人的理路。略读之下，已经头皮发紧了，这紧的感觉又是我们当下熟悉得不能再熟悉的。

民国初年的反"吃人的礼教"，是宋以后礼下庶人的反弹，只不过当时的读书人一竿子打到孔子。孔子是"从周"的，周是"礼不下庶人"的。我说过了，被误会的总是孔子。

三十五

　　四九年后大陆礼下庶人的范例则是军人雷锋，树"雷锋式"的小圣小贤，称为"螺丝钉"。可是固定螺丝钉的工具应该是螺丝起子，是"刑"，是军法。毛泽东有名句"六亿神州尽舜尧"，满街走圣贤，相当恐怖，满街走螺丝钉，更恐怖。

　　另外，毛泽东将鲁迅举为圣贤，造成四九年后大陆读书人的普遍混乱。我说过，圣贤可学，于是觉得鲁迅可学，不料鲁迅其实是英雄。英雄难学，除非你自己就是英雄。若你自己就是英雄，还向英雄学什么？

点头打打招呼而已。

大陆的读书人私下讨论"假如鲁迅四九年以后还活着会怎么样",就是想圣贤英雄兼顾的矛盾心理,我的回答前面说过了,英雄跑掉了,跑得不会远,香港吧。

"刑不上大夫"是维护权力阶层的道德尊严,这一层的道德由不下庶人的礼来规定执行。孔子入太庙每事问,非常谨慎,看来他对礼并非全盘掌握,可见礼的专业化程度,就像现在一个画家进到录音棚,虽然也是搞艺术的,仍要"每事问"。孔子大概懂刑,所以后来做过鲁国的司寇,但看他的运用刑,却是防患于未然,有兵家的"不战而屈人之兵"的意思。

先秦以前世俗间本来是只靠刑来治理,所谓犯了什么刑条,依例该怎么罚。"民可使由之,不可使知之"。孔子反对当时晋的赵简子将刑条铸在鼎上公之于众,看来刑的制定和彝器,规定是不让"民"看到而知之。

大而言之,我体会"礼不下庶人"的意思是道德有区隔。刑条之外,庶人不受权力阶层的礼的限制,于是有不小的自为空间。礼下庶人的结果,就是道德区隔消失,权力的道德规范延入俗世,再加上刑一直下庶人，日子难过了。

解决的方法似乎应该是刑既上大夫也下庶人，所谓法律面前人人平等，礼呢，则依权力层次递减，也就是越到下层越宽松，生机越多。

你们看我在这里也开起药方来，真是惭愧。

三十六

中国的读书人总免不了要开药方，各不相同。

一九六六年的夏天，北京正处在"无产阶级文化大革命"最有戏剧性场面的那段时期，毛泽东接见红卫兵，抄家，揪斗"走资派"，著名的街道改换名称。一天中午，我经过西单十字路口，在长安大戏院的旁边有一群人围着，中国永远是有人围着，我也是喜欢围上去搞个明白的俗人，于是围了上去。

原来是张大字报，写的是革命倡议，倡议革命男女群众夏天在游泳池游泳的时候，要穿长衣长裤，是

89

不是要穿袜子记不清了，我记得是不需要戴帽子。

围着的人都不说话，好像在看一张讣告。我自己大致想象了一下，这不是要大家当落汤鸡吗？

游泳穿长衣的革命倡议，还没有出几百年来礼下庶人的恶劣意识，倒是围着的人的不说话，有意思。

像我当时那样一个十几岁的少年，你不提穿长衣游泳，我倒还没有想到原来是露着的，这样一提，真是有鲁迅说的"短袖子"的激发力。我猜当时围着的成年人的不说话，大概都在发挥想象力，顾不上说什么了。我想现在还有许多北京人记得西单的那张大字报吧？

丹麦的安徒生写过一篇《皇帝的新衣》，中国不妨来篇《礼下庶人的湿衣》。

我在美国，看选举中竞选者若有桃色新闻，立刻败掉，一般公民则无所谓，也就是"礼不下庶人"的意思。因此美国有元气的原因之一我看在于"礼不下庶人"。

美国有元气的另一个特点，我看是学英雄而少学圣贤。我体会西方所谓的知识分子，有英雄的意思，但要求英雄还要有理性，实在太难了，所以虽然教育普及读书人多，可称知识分子的还是少。

三十七

五四的时候有一个说法，叫"改造国民性"。

蒋介石国民党三〇年代的"新生活运动"，是用权力来指导"改造国民性"，四九年后是用权力来改造"国民性"。看来权力不行，因为世俗是自为的，是一种生态平衡，"指导"、"运动"像二氧化碳，多了会将"世俗"的臭氧层弄稀薄，捅个洞，人就不好活了。

也许有办法改造国民性，比如改变教科书内容曾改变了清末民初的读书人，所以民初有人提倡"教育救国"，是个稳妥可行的办法，只是中国至今文盲的比例有增无减。

但通过读书改造了自己的"国民性"的大部分读书人，又书生气太重，胸怀新"礼"性，眼里揉不进沙子，少耐性，好革命，好指导革命。

我在云南的时候，每天扛着个砍刀看热带雨林，明白眼前的这高高低低是亿万年自为形成的，香花毒草，哪一样也不能少，迁一草木而动全林，更不要说革命性的砍伐了。我在内蒙古亦看草原，原始森林和草原被破坏后不能恢复，道理都就在这里。

我后来躺在草房里也想通了"取其精华，去其糟粕"是一厢情愿，而且它们连"皮之不存，毛将焉附"的关系都不是，皮、毛到底还是可以分开的。

糟粕、精华是一体，世俗社会亦是如此，"取"和"去"是我们由语言而转化的分别。

鲁迅要改变国民性，也就是要改变中国世俗性格的一部分。他最后的绝望和孤独，就在于以为靠读书人的思想，可以改造得了，其实，非常非常难做到，悲剧也在这里。

所谓悲剧，就是毁掉英雄的宿命，鲁迅懂得的。

但终其一生，鲁迅有喜剧，就在于他批判揭露"礼下庶人"的残酷与虚伪，几百年来的统治权力对这种批判总是扑杀的。我在这里讲到鲁迅，可能有被理解为不恭的地方，其实，对我个人来说，鲁迅永远是先生。

我想来想去，怀疑"改造国民性"这个命题有问题，这个命题是"改造自然"的意识形态的翻版，对于当下世界性的环境保护意识，我们不妨多读一点弦外之音。而且所谓改造国民性，含礼下庶人的险意，很容易就被权力利用了。

中国文化的命运大概在于世俗吧，其中的非宿命处也许就是脱数百年来的礼下庶人，此是我这个晚辈俗人向五四并由此上溯到宋元明清诸英雄的洒祭之处。

三十八

世俗既无悲观，亦无乐观，它其实是无观的自在。

喜它恼它都是因为我们有个"观"。以为它要完了，它又元气回复，以为它万般景象，它又恹恹的，令人忧喜参半，哭笑不得。

世俗总是超出"观"，令"观"观之有物，于是"观"也才得以为观。

我讲来讲去，无非也是一种"观"罢了。

三十九

大致观过了世俗，再来试观中国小说。

五四以前的小说一路开列上去不免啰嗦，但总而观之，世俗情态溢于言表。

近现代各种中国文学史，语气中总不将中国古典小说拔得很高，大概是学者们暗中或多或少有一部西方小说史在心中比较。

小说的价值高涨，是五四开始的。这之前，小说在中国没有地位，是"闲书"，名正言顺的世俗之物。

做《汉书》的班固早就说"小说家者流,盖出于稗官。

街谈巷语,道听途说者之所造也",而且引孔子的话"是以君子弗为也",意思是小人才写小说。

我读《史记》,是当它小说。史是什么？某年月日,谁杀谁。孔子做《春秋》,只是改"杀"为"弑",弑是臣杀君,于礼不合,一字之易,是为"春秋笔法",但还是史的传统,据实,虽然藏着判断,但不可以有关于行为的想象。

太史公司马迁家传史官,他当然有写史的训练,明白写史的规定,可你们看他却是写来活灵活现,他怎么会看到陈胜年轻时望到大雁飞过而长叹？鸿门宴一场,千古噱谈,太史公被汉武帝割了卵子,心里恨着刘汉诸皇,于是有倾向性的细节出现笔下了。

他也讲到写这书是"发愤","发愤"可不是史官应为,却是做小说的动机之一种。

《史记》之前的《战国策》,也可作小说来读,但无疑司马迁是中国小说第一人。同是汉朝的班固,他的功绩是在《汉书》的《艺文志》里列了"小说"。

四十

到了魏晋的志怪志人，以至唐的传奇，没有太史公不着痕迹的布局功力，却有笔记的随记随奇，一派天真。

后来的《聊斋志异》，虽然也写狐怪，却没有了天真，但故事的收集方法，蒲松龄则是请教世俗。

莫言也是山东人，说和写鬼怪，当代中国一绝。在他的家乡高密，鬼怪就是当地世俗构成，像我这类四九年后城里长大的，只知道"阶级敌人"，哪里就写过他了？我听莫言讲鬼怪，格调情怀是唐以前的，语言却是现在的，心里喜欢，明白他是大才。

八六年夏天我和莫言在辽宁大连，他讲起有一次回家乡山东高密，晚上近到村子，村前有个芦苇荡，于是卷起裤腿涉水过去。不料人一搅动，水中立起无数小红孩儿，连说吵死了吵死了，莫言只好退回岸上，水里复归平静。但这水总是要过的，否则如何回家？家又就近在眼前，于是再蹚到水里，小红孩儿们则又从水中立起，连说吵死了吵死了。反复了几次之后，莫言只好在岸上蹲了一夜，天亮才涉水回家。

这是我自小以来听到的最好的一个鬼故事，因此高兴了很久，好像将童年的恐怖洗净，重为天真。

四十一

唐朝还有和尚的"俗讲"，就是用白话讲佛的本生故事，一边唱，用来吸引信徒。我们现在看敦煌卷子里的那些俗讲抄本，见得出真正世俗形式的小说初型。

宋元时候，"说话"非常发达，鲁迅说宋传奇没有创造，因有说话人在。

不过《太平广记》里记载隋朝就有"说话"人了，唐的话本，在敦煌卷子里有些残本，例如有个残篇《伍子胥变文》，读来非常像现在大陆北方的曲艺比如京韵大鼓的唱词，节奏变化应该是随音乐的，因为有很强的呼吸感。

周密的《武林旧事》记载南宋的杭州一地就有说话人百名，不少还是妇女，而且组织行会叫"书会"。说话人所据的底本就是"话本"。

我们看前些年出土的汉说书俑，形态生动得不得了，应该是汉时就有说书人了，可惜没有文字留下来，但你们不觉得《史记》里的"纪""传"就可以直接成为说的书，尤其是《刺客列传》？

宋元话本，鲁迅认为是中国小说史的一大变迁。我想，除了说话人，宋元时民间有条件大量使用纸，也是原因。那么多说话人，总不能只有一册"话本"传来传去吧？

汉《乐府》可唱，唐诗可唱，我觉得宋诗不可唱。宋诗入理，理唱起来多可怕，好比"文化大革命"的语录歌，当然语录歌是观念，强迫的。宋词是唱的。

中国人自古就讲究说故事，以前跟皇帝讲话，不会说故事，脑袋就要搬家。

春秋战国产生那么多寓言，多半是国王逼出来的。

当代反而是毛泽东讲故事，他的干部不讲。*

王蒙讲了个《稀粥的故事》，有人说是影射，闹得王蒙非说不是，要打官司。其实用故事影射，是传统，影射得好，可传世。

记得二十年前在乡下的时候，有个知青早上拿着短裤到队长那里请假，队长问他，你请什么假？他说请例假吧。队长说女人才有例假，你请什么例假！他说女人流血，男人遗精，精、血是同等重要的东西，我为什么不能请遗精的例假？队长当然不理会这位山沟里的修辞家。

我曾经碰到件事，一位女知青党员恨我不合作，告到支书前面，说我偷看她上厕所。支书问我，我说看了，因为好奇她长了尾巴。支书问她你长了尾巴没有？她说没有。

乡下的厕所也真是疏陋，对这样的诬告，你没有办法证明你没看，只能说个不合事实的结果，由此反证你没看。幸亏这位支书有古典明君之风，否则我只靠"说故事"是混不到今天讲什么世俗与小说的。

四十二

元时读书人不能科举做官，只好写杂剧，应该说这是中国世俗艺术史上的另一个"拍案惊奇"。

元的文人大规模进入世俗艺术创作，景观有如唐的诗人写诗。

元杂剧读来令人神旺的是其中的世俗情态与世俗口语。

"杂剧"这个词晚唐以来一直有，只是到元杂剧才成为真正的戏剧，此前杂剧是包括杂耍的。台湾"表演工作坊"来美国演出过的《那一夜我们说相声》，体例非常像记载中的宋杂剧。

金杂剧后来又称"院本"，是走江湖的人照本宣科，不过这些江湖之人将唱曲，也就是诸宫调加进去，慢慢成为短戏，为元杂剧做了准备。从金董解元的诸宫调《西厢记》到元王实甫的杂剧《西厢记》，我们可以看出这个脉络。

中国古来的戏剧的性格，如同小说，也是世俗的，所以量非常之大。道光年间的皮簧戏因为进了北京成为京剧，戏目俗说是"唐三千宋八百"，不过统计下来，继承和新作的总数有五千多种，真是吓死人，我们现在还在演，世俗间熟悉的，也有百多出。

元杂剧可考的作者有两百多人，百年间留下可考的戏剧六百多种。明有三百年，杂剧作者一百多人，剧作三百多种，少于元代，大概是世俗小说开始进入兴盛，精力分散的原因。由元入明的罗贯中除了写杂剧，亦写了《三国演义》，等于是明代世俗小说的开端。

四十三

皮簧初起时，因为来路乡野，演唱起来草莽木直，剧目基本来自世俗小说中演义传奇武侠一类，只是搞不懂为什么没有"言情"戏，倒是河北"蹦蹦戏"也就是现在大陆称呼的"评剧"原来多有调情的戏。百五十年间，多位京剧大师搜寻学问，终于成就了一个痴迷世俗的大剧种。例如梅兰芳成为红角儿后，齐如山先生点拨他学昆腔戏的舞蹈，才有京剧中纯舞蹈的祝寿戏《天女散花》。

此前燕赵一带是河北梆子的天下，因为被京剧逐出"中心话语"，不服这口气，年年要与京剧打擂台比试高低，输赢由最后各自台前的俗众多寡为凭。

我姥姥家是冀中，秋凉灌冬麦，夜色中可听到农民唱梆子，血脉踊动，声遏霜露，女子唱起来亦是苍凉激越，古称燕赵之地多慷慨悲歌之士，果然是这样。

戏剧演出的世俗场面，你们都熟悉，皮簧梆子的锣鼓铙钹梆笛，古早由军乐来，开场时震天价响，为的是镇压世俗观众的喧哗，很教鲁迅在杂文中讽刺了一下。

以前角儿在台上唱，跟包的端个茶壶在幕前侍候，角儿唱起来真是地老天荒，间歇时，会回身去喝上一口，俗众亦不为意。以前意大利歌剧的场面，也是这样，而且好的唱段，演员会应俗众的叫好再重复一次，偶有唱不上去的时候，鞠躬致歉居然也能过去。开场时亦是嘈杂，市井之徒甚至会约了架到戏园子去打，所以歌剧序曲最初有镇压喧哗的作用，我们现在则将听歌剧做成一种教养，去时服装讲究，哪里还敢打架？

你们听罗西尼的歌剧序曲的 CD 唱片，音量要事先调好，否则喇叭会承受不起，因为那时的序曲不是为我们在家里听的。话扯得远了，还是回到小说来。

四十四

明代是中国古典小说的黄金时代，我们现在读的大部头古典小说，多是明代产生的，《水浒传》、《西游记》、《金瓶梅词话》、《封神演义》、"三言"、"二拍"拟话本等等，无一不是描写世俗的小说，而且明明白白是要世俗之人来读的。

《三国演义》、《东周列国志》、《杨家将》等等，则是将历史演义给世俗来看，成为小说而与史实关系不大。

我小的时候玩一种游戏，拍洋画儿。洋画儿就是香烟盒里夹的小画片，大人买烟抽，就把画片给小孩子，不知多少盒烟里会夹一张有记号的画片，碰到了即是中奖。香烟，明朝输入中国，画片，则是清朝输入的机器印刷，都是外来的，所以画片叫"洋"画儿。

可是这洋画儿背后，画的是《水浒》一百单八将。玩的时候将画片摆在地上，各人抡圆了胳膊用手扇，以翻过来的人物定输赢，因为梁山泊好汉排过座次。一个拍洋画儿的小孩子不读《水浒》，就不知道输赢。

明代的这些小说，特点是元气足，你们再看明代笔记中那时的世俗，亦是有元气。明代小说个个儿像富贵人家出来的孩子，没有穷酸气。

我小的时候每读《水浒》，精神倍增，平添草莽气，至今不衰。俗说"少不读水浒"，看来同感的俗人很多，以至要形成诫。

明代小说还有个特点，就是开头结尾的规劝，这可说是我前面提的礼下庶人在世俗读物中的影响。可是小说一展开，其中的世俗性格，其中的细节过程，让你完全忘了作者还有个规劝在前面，就像小时候不得不向老师认错，出了教研室的门该打还打，该追还追。认错是为出那个门，规劝是为转正题，话头罢了。

《金瓶梅词话》就是个典型。《肉蒲团》也是，它还有一个名字《觉后禅》,简直就是虚晃一招。"三言""二拍"则篇篇有劝，篇篇是劝后才生动起来。

四十五

《金瓶梅词话》是明代世俗小说中最自觉的一部。按说它由《水浒》里武松的故事中导引出来，会发展英雄杀美的路子，其实那是个话引子。

我以前与朋友夜谈，后来朋友在画中题记"色不可无情，情亦不可无色。或曰美人不淫是泥美人，英雄不邪乃死英雄。痛语"，这类似金圣叹的意思。兰陵笑笑生大概是不喜欢武松的不邪，笔头一转，直入邪男淫女的世俗庭院。

《金瓶梅词话》历代被禁，是因为其中的性行为描写，可我们若仔细看，就知道如果将小说里所有的性行为段落摘掉，小说竟毫发无伤。

你们只要找来大陆人民文学出版社一九八五年版的《金瓶梅词话》洁本看看，自有体会。后来香港的一份杂志将洁本删的一万九千一百六十一个字排印成册，你们也可找来看，因为看了才能体会出所删段落的文笔逊于未删的文笔，而且动作重复。

《金瓶梅词话》全书一百回，五十二回无性行为描写，又有将近三十回的程度等同明代其他小说的惯常描写，因此我怀疑大部分性行为的段落是另外的人所加，大概是书商考虑到销路，捉人代笔，插在书中，很像现在的电视插播广告。

"潘金莲大闹葡萄架"应该是兰陵笑笑生的，写的环境有作用，人物有情绪变化过程，是发展合理的邪性事儿，所以是小说笔法。

说《金瓶梅词话》是最自觉的世俗小说，就在于它将英雄传奇的话头撇开后，不以奇异勾人，不打诳语，只写人情世态，三姑六婆，争风吃醋，奸是小奸，坏亦不大，平和时期的世俗，正是这样。它的性行为段落，竞争不过类似《肉蒲团》这类的小说。

《肉蒲团》出不来洁本，在于它骨头和肉长在一起了，剔分不开，这亦是它的成功之处。

我倒觉得志怪传奇到了明末清初，被性文字接过去了，你们看《灯草和尚》、《浪史》等等小说，真的是奇是怪。本来性幻想就是想象力，小说的想象性质则如火上泼油，色情得刁钻古怪，缺乏想象力的初读者读来不免目瞪口呆。

不过说起来这"色情"是只有人才有的，不同类的动物不会见到另类动物交合而发情，人却会这样，因为人有想象力。人是因为"色情"而与动物有分别，大陆常引用的"文学就是人学"，具体而言，解为"文学应该有色情"不算概念错误吧。

《金瓶梅词话》应该是中国现代小说的开山之作。如果不是满人入关后的清教意识与文字制度，由晚明小说直接一路发展下来，本世纪初的文学革命大概会是另外的提法。

历史当然不能假设，我只是这么一说。

四十六

晚明有个冯梦龙，独自编写了《喻世明言》、《警世通言》、《醒世恒言》俗称"三言"的话本小说，又有话本讲史六种，是整理世俗小说的一个大工程。他还作有笔记小品五种，传奇十九种，散曲、诗集、曲谱等等等等差不多总有五十多种吧。

他辑的江南民歌集《山歌》，据实以录，等同史笔，三百年后五四时的北京大学受西方民俗学、人类学影响开始收集民歌，尚有所不录，这冯梦龙可说是个超时代的人。

晚明还有个怪才徐文长，就是写过《四声猿》的那个徐渭，记载中说他长得"修伟肥白"，大个子，肥而且白，现在在街上不难见到这样形貌的人，难得的是"修"，"修"不妨解为风度。他还写过个剧本《歌代啸》，你们若有兴趣不妨找来看看，不难读的，多是口语俗语，妙趣横生，荒诞透顶，大诚恳埋得很深，令人惊讶。我现在每看荒诞戏，常常想到《歌代啸》，奇怪。

晚明的金圣叹，批过六部"才子书"，选的却是雅至《离骚》、《庄子》，俗到《西厢》、《水浒》，这种批评意识，也只有晚明才出得来。

晚明实在是个要研究的时期，郡县专制之下，却思想活跃多锋芒，又自觉于资料辑录，当时西方最高的科学文明已借耶稣会士传入中国，若不是明亡，天晓得要出什么局面。你们看我忍不住又来假设历史，不过"假设"和"色情"一样，亦是只有人才有的。

我们常听到要复兴中华文化，却都是大话、套话，我无非是具体想到晚明不妨是个意识的接启点，因为它开始有敏锐合理的思想发生，对传统及外来采改良渐近。

四十七

到了清代，当然就是《红楼梦》。

倡导五四新文学的胡适之先生做过曹家的考证，但我看李辰冬先生在《科学方法与文学研究》里记述胡先生说《红楼梦》这部小说没有价值。胡先生认为没有价值的小说还有《三国演义》、《西游记》等等。

我在前面说到中国小说地位的高涨，是五四开始的，那时的新文学被认为是可以改造国民性，可以引起革命，是有价值的。鲁迅就是中断了学医改做文学，由《狂人日记》开始，到了《酒楼上》就失望怀疑了，终于完全转入杂文，匕首投枪。

胡先生对《红楼梦》的看法，我想正是所谓"时代精神"，反世俗的时代精神。

《红楼梦》，说平实了，就是世俗小说。

小的时候，我家住的大杂院里的妇女们无事时会聚到一起听《红楼梦》，我家阿姨叫做周玉洁的，识字，她念，大家插嘴，所以常常停下来，我还记得有人说林姑娘就是命苦，可是这样的人也是娶不得，老是话里藏针，一年三百六十五天可怎么过？我长大后却发现读书人都欣赏林黛玉。

不少朋友对我说过《红楼梦》太琐碎，姑嫂婆媳男男女女，读不下去，言下之意是，既然文学史将它提得那么伟大，我们为何读不出？我惯常的说法是读不下去就不要读，红烧肉炖粉条子，你忌油腻就不必强吃。

评论中常常赞美《红楼梦》的诗词高雅，我看是有点瞎起劲。曹雪芹的功力，在于将小说中诗词的水平吻合小说中角色的水平。

以红学家考证的曹雪芹的生平来看，他在小说中借题发挥几首大开大合的诗或词，不应该是难事，但他感叹的是俗世的变换，大观园中的人物有何等见识，曹雪芹就替他们写何等境界的诗或词，这才是真正成熟的小说家的观照。小说中讲"批阅十载"，一定包括为角色调整诗词，以至有替薛蟠写的"鸡巴"诗。

曹雪芹替宝玉、黛玉和薛蟠写诗，比只写高雅诗要难多了！而且曹雪芹还要为胡庸医开出虎狼药方，你总不能说曹先生开的药方是可以起死回生的吧？

四十八

　　我既说《红楼梦》是世俗小说，但《红楼梦》另有因素使它成为中国古典小说的顶峰，这因素竟然也是诗，但不是小说中角色的诗，而是曹雪芹将中国诗的意识引入小说。

　　七〇年代初去世的加州大学伯克利校区的陈世骧先生对中国诗的研究评价，你们都知道，不必我来啰嗦。陈世骧先生对张爱玲说过，中国文学的好处在诗，不在小说。

　　我来发挥的是，《红楼梦》是世俗小说，它的好处在诗的意识。

除了当代，诗在中国的地位一直最高，次之文章。小说地位低，这也是原因。要想在中国的这样一种情况下将小说做好，运用诗的意识是一种路子。

《红楼梦》开篇提到厌烦才子佳人小人拨乱的套路，潜台词就是"那不是诗"。

诗是什么？"空山不见人，但闻人语响。返景入深林，复照青苔上"，无一句不实，但连缀这些"实"也就是"象"以后，却产生一种再也实写不出来的"意"。

曹雪芹即是把握住世俗关系的"象"之上有个"意"，使《红楼梦》区别于它以前的世俗小说。这以后差不多一直到五四新文学之前，再也没有出现过这样的小说。

这一点是我二十岁以后的一个心得，自己只是在写小说时注意不要让这个心得自觉起来，好比打嗝儿胃酸涌上来。我的"遍地风流"系列短篇因为是少作，所以"诗"腔外露，做作得不得了。我是不会直接做诗的人，所以很想知道曹雪芹是怎么想的。

四十九

既提到诗，不妨多扯几句。

依我之见，艺术起源于母系时代的巫，原理在那时大致确立。文字发明于父系时代，用来记录母系创作的遗传，或者用来篡改这种遗传。

为什么巫使艺术发生呢？因为巫是专职沟通人神的，其心要诚。表达这个诚的状态，要有手段，于是艺术来了，诵、歌、舞、韵的组合排列，色彩、图形。

巫是专门干这个的，可比我们现在的专业艺术家。什么事情一到专业地步，花样就来了。

巫要富灵感。例如大瘟疫，久旱不雨，敌人来犯，巫又是一族的领袖，千百只眼睛等着他，心灵脑力的激荡不安，久思不获，突然得之，现在的诗人们当有同感，所谓创作的焦虑或真诚。若遇节令，大收获，产子等等，也都要真诚地祷谢。这么多的项目需求，真是要专业才应付得过来。

所以艺术在巫的时代，初始应该是一种工具，但成为工具后，巫靠它来将自己催眠进入状态，继续产生艺术，再将其他人催眠，大家共同进入一种催眠的状态。这种状态，应该是远古的真诚。

宗教亦是如此。那时的艺术，是整体的，是当时最高的人文状态。

艺术最初靠什么？靠想象。巫的时代靠巫师想象，其他人相信他的想象。现在无非是每个艺术家都是巫，希望别的人，包括别的巫也认可自己的想象罢了。

艺术起源于劳动的说法，不无道理，但专业与非专业是有很大的区别的，与各个人先天的素质也是有区别的。灵感契机人人都会有一些，但将它们完成为艺术形态并且传下去，不断完善修改，应该是巫这种专业人士来做的。

五十

所以现在中国人对艺术的各种说法，都有来源，

什么"艺术为政治服务"啦，

什么"艺术是最伟大的"啦，

什么"灵感""状态"啦，

什么"艺术家不能等同常人"啦，

什么"创作是无中生有"啦，

什么"艺术的社会责任感"啦，

什么"艺术与宗教相通"啦，

什么"艺术就是想象"啦，

等等等等，这些要求，指证，描述，都是巫可以承担起来的。

应该说，直到今天艺术还处在巫的形态里。

你们不妨去观察你们的艺术家朋友，再听听他们或真或假的"创作谈"，都是巫风的遗绪。当然也有拿酒遮脸借酒撒疯的世故，因为"艺术"也可以成为一种借口。

诗很早就由诵和歌演变而成，诗在中国的地位那么高，有它在中国发生太早的缘因。

中国艺术的高雅精神传之在诗。中国诗一直有抒情、韵律、意象的特点。"意象"里，"意"是催眠的结果，由"象"来完成。

将艺术独立出来，所谓纯艺术，纯小说，是人类在后来的逐步自觉，是理性。

当初巫对艺术的理性要求应该是实用，创作时则是非理性。

我对艺术理性总是觉得吉凶未卜，像我讲小说要入诗的意识，才可能将中国小说既不脱俗又脱俗，就是一种理性，所以亦是吉凶未卜，姑且听我这么一说吧。

五十一

另外，以我看来，曹雪芹对所有的角色都有世俗的同情，相同之情，例如宝钗、贾政等等乃至讨厌的老妈子。

写"现实主义"小说，强调所谓观察生活，这个提法我看是隔靴搔痒。

你对周遭无有同情，何以观察？有眼无珠罢了。

我主张"同情的自由"，自由是种能力，我们其实受很多束缚，例如"道德"、"时髦"，缺乏广泛的相同之情的能力，因此离自由还早。即使对诸如"道德"、"时

123

髦”，也要有同情才完全。

刘再复先生早几年提过两重性格，其实人只有一重性格，类似痴呆，两重，无趣，要多重乃至不可分重，才有意思了。

写书的人愈是多重自身，对"实相"、"幻相"才愈有多种同情，相同之情，一身而有多身的相同之情。

这就要说到"想象力"，但想象力实在是做艺术的基本能力，就像男子跑百米总要近十秒才有资格进入决赛，十一秒免谈。

若认为自称现实主义的人写小说必然在说现实，是这样认为的人缺乏想象力。

五十二

　　世俗世俗，就是活生生的多重实在，岂是好坏兴亡所能剔分的？我前面说《红楼梦》开篇提到厌烦才子佳人小人拨乱的套路，只不过曹雪芹人重言轻了，才子佳人小人拨乱自是一重世俗趣味，犯不上这么对着干，不知曹公在天之灵以为然否？

　　这样一派明显的中国古典小说的世俗景观，近当代中国文学史和文学评论多不明写，或者是这样写会显得不革命没学问？那可能就是故意不挑明。

　　这样的结果，当然使受过革命或理论洗礼的人们羞于以世俗经验与情感来读小说，也就是胡适之先生说的"没有价值"。

周作人先生在《北平的好坏》里谈到中国戏，说"中国超阶级的升官发财多妻的腐败思想随处皆是，而在小说戏文里最为浓厚显著"，我倒觉得中国小说戏文的不自在处，因为有礼下庶人的束缚。

"没有价值"，这是时代精神，反世俗的时代精神。其实胡适之、朱自清、郑振铎诸先生后来在西方理论的影响下都做过白话小说史或俗文学史，只是有些虎头蛇尾。

相反，民初一代的革命文人，他们在世俗生活中的自为活跃，读读回忆录就令人惊奇，直要到四九年都穿上了蓝制服，他们才明白味道有些不对头。

五十三

《红楼梦》将诗的意识带入世俗小说，成为中国世俗小说的一响晨钟，虽是晨钟，上午来得也实在慢。

《红楼梦》气长且绵，多少后人临此帖，只有气短、滥和酸。

《红楼梦》造成了古典世俗小说的高峰，却不是暮鼓，清代世俗小说依世俗的需要，层出不穷。到了清末，混杂着继续下来的优秀古典世俗小说，中国近现代的世俗小说开始兴起，鼎盛。

清末有一册《老残游记》不妨看重，刘鹗信笔写来，有一种很特殊的诚恳在里面。

我们做小说，都有小说"腔"在，《老残游记》没有小说腔。读它的疑惑也就在此，你用尽古典小说批评，它可能不是小说，可它不是小说是什么呢？

《老残游记》的样貌正是后现代批评的一个范本，行话称"文本"，俗说叫"作品"，可后现代批评怎么消解它的那份世俗诚恳呢？

不过后现代批评也形成了"腔"，于是有诸多投"腔"而来的后现代小说，《老残游记》无此嫌疑，是一块新鲜肉，以后若有时间不妨来聊聊它。

五十四

　　晚清一直到一九四九年前的小说，"鸳鸯蝴蝶派"可以说是这一时期的主流。

　　像我这样的人，几乎不了解"鸳鸯蝴蝶派"。我是个一九四九年以后在中国大陆长大的人，知道中国近现代的文学上有过"鸳鸯蝴蝶派"，是因为看鲁迅的杂文里提到，语稍讥讽，想来是几个无聊文人在大时代里做无聊事吧。

　　又见过文学史里略提到"鸳鸯蝴蝶派"，比如郑振铎诸先生，都斥它为"逆流"。我因为好奇这逆流，倒特别去寻看。一九六四年以前，北京的旧书店里还常常可以翻检到"鸳鸯蝴蝶派"的东西。

"鸳鸯蝴蝶派"据文学史说兴起于一九〇八年左右。为什么这时世俗小说会成为主流，我猜与一九〇五年清廷正式废除科举制度有关联。

此前元代的不准汉人科举做官，造成汉族读书人转而去写戏曲，结果元杂剧元曲奇盛。清末废科举，难免读过书的人转而写写小说。

另一个原因我想是西方的机器印刷术传进来，有点像宋时世俗间有条件大量使用纸。

五十多年间"鸳鸯蝴蝶派"大约有五百多个作者，我一提你们就知道的有周瘦鹃、包天笑、张恨水等等。当时几乎所有的刊物或报纸的副刊，例如《小说月报》、《申报》的"自由谈"等等，都是"鸳鸯蝴蝶派"的天下。五四之前，包括像戴望舒、叶圣陶、老舍、刘半农、施蛰存这些后来成为新文学作家的大家，都在"鸳鸯蝴蝶派"的领地写过东西。

当代的大陆，一九七六年到一九八六年的十年间，亦是写小说的人无数，亦是读过书的人业余无事可做，于是写写小说吧，倒不一定与热爱文学有关。精力总要有地方释放。

你们只要想想整个儿大陆有数百家文学刊物，其他报刊还备有文学专栏，光是每个月填满这些空儿，就要发出多少文字量！更不要说还有数倍于此的退稿。粗估估，这十年的小说文字量相当于十年"文化大革命"写交代检查和揭发声讨的文字量。

八四年后，世俗间自为的余地渐渐出现，尤其是一九八九年后，私人做生意就好像官家恢复科举，有能力的人当然要去试一试。写小说的人少了，正是自为的世俗空间开始出现，从世俗的角度看就是中国开始移向正常。

反而前面提到的那十年那么多人要搞那么多"纯"小说，很是不祥。我自己的看法是纯小说、先锋小说，处于三五知音小众文化生态比较正常。

五十五

"鸳鸯蝴蝶派"的门类又非常多:言情,这不必说;社会,也不必说;武侠,例如向恺然也就是"平江不肖生"的《江湖奇侠传》,也叫《火烧红莲寺》;李寿民也就是"还珠楼主"的《蜀山剑侠传》;狭邪色情,像张春帆的《九尾龟》、《摩登淫女》,王小逸的《夜来香》;滑稽,像徐卓呆的《何必当初》;历史演义,像蔡东藩的十一部如《前汉通俗演义》到《民国通俗演义》;宫闱,像许啸天的《清宫十三朝演义》,秦瘦鸥译自英文,德龄女士的《御香缥缈录》;侦探,像程小青的《霍桑探案》

等等等等。又文言白话翻译杂陈，长篇短篇插图纷披，足以满足世俗需要，这股"逆流"，实在也是浩浩荡荡了些。

这些门类里，又多有掺混，像张恨水的《啼笑姻缘》，就有言情、社会、武侠。

我小的时候大约六〇年代初，住家附近的西单剧场，就上演过改编为曲剧的《啼笑姻缘》。当时正是"大跃进"之后的天灾人祸，为了转移焦点，于是放松世俗空间，《啼笑姻缘》得以冒头，嚷动四城，可惜我家那时穷得可以，终于看不成。

这样说起来，你们大概会说："这哪里只是什么鸳鸯蝴蝶派？"我也是这样认为，所谓"鸳鸯蝴蝶派"，不要被鸳鸯与蝴蝶迷了眼睛，应该大而言之为世俗小说。

你们若有兴趣，不妨看看魏绍昌先生编辑的《鸳鸯蝴蝶派研究资料》，当时的名家都有选篇。不要不好意思，张爱玲也是看鸳鸯蝴蝶派的小说的。

我这几年给意大利的《共和报》和一份杂志写东西，有一次分别写了两篇关于中国电影的文字，其中主要的意思就是中国大陆一九四九年以前的电影，无一不是世俗电影，中国电影的性格，就是世俗，而且产生了一种世俗精神。

中国电影的发生，是在中国近当代世俗小说成了气象后，因此中国电影亦可说是"鸳鸯蝴蝶派"的影像版。这是题外话，提它是因为它有题内意。

清末至民国的世俗小说，在五四前进入鼎盛。二十年代，新文学开始了。

五十六

这就说到五四。

我一九八六年去美国漪色佳的康奈尔大学，因那里有个很美的湖，所以这音译名实在是恰当。另一个译得好的是意大利的翡冷翠，也就是我们现在说的佛罗伦萨。我去这个名城，看到宫邸教堂用绿纹大理石，原来这种颜色的大理石是这个城市的专用，再听它的意大利语发音，就是翡冷翠，真是佩服徐志摩。

当年胡适之先生在漪色佳的湖边坐卧，提出"文学革命"，而文学革命的其中一项是"白话文运动"。

立在这湖边，不禁想起自己心中长久的一个疑问：中国古典世俗小说基本上是白话，例如《红楼梦》，就是大白话，为什么还要在文学革命里提倡白话文？

我的十年学校教育，都是白话文，小学五年级在课堂上看《水浒》入迷，书被老师没收，还要家长去谈话。《水浒》若是文言，我怎么看得懂而入迷？

原来这白话文，是为了革命宣传，例如标语，就要用民众都懂的大白话。胡适之先生后来说"共产党里白话文做得好的，还是毛泽东"就讲到点子上了。

初期的新文学白话文学语言，多是半文半白或翻译体或学生腔。例如郭沫若的文字，一直是学生腔。

我想对于白话文一直有个误会，就是以为将白话用文字记录下来就成白话文了。其实成文是一件很不容易的事。白话文白话文，白话要成为"文"才是白话文。

五四时期做白话文的三四流者的颠倒处在于小看了文，大看了白话文艺腔。

举例来说，电影《孩子王》的一大失误就是对话采用原小说中的对话，殊不知小说是将白话改造成文，电影对白应该将文还原为白话，也就是口语才像人说话。北京人见面说"吃了吗您？"，写为"您吃饭了？"是入文的结果。你们再去读老舍的小说，其实是将北京的白话处理过入文的。

我看电影《孩子王》，如坐针毡，后来想想算它是制作中无意得之的风格，倒也统一。推而广之，五四时期的白话文亦可视为一种时代的风格。

再大而视之，当今有不少作家拿捏住口语中的节奏，贯串成文，文也就有另外的姿式了，北京的刘索拉写《你别无选择》、《蓝天绿海》得此先机。

转回原来的意思，单从白话的角度来说，我看新文学不如同时的世俗文学，直要到张爱玲才起死回生。先前的鲁迅则是个特例。

说鲁迅是个特例，在于鲁迅的白话小说可不是一般人能读懂的。这个懂有两种意思，一是能否懂文字后面的意思，白话白话，直白的话，"打倒某某某"，就是字表面的意思。

二是能否再用白话复述一遍小说而味道还在。鲁迅的小说是不能再复述的。也许因为如此，鲁迅后来特别提倡比白话文更进一步的"大众语"。

鲁迅应该是明白世俗小说与新文学小说的分别的，他的母亲要看小说，于是他买了张恨水的小说给母亲看，而不是自己或同一营垒里的小说。

"鸳鸯蝴蝶派"的初期名作，徐枕亚的《玉梨魂》是四六骈体，因为受欢迎，所以三十年代顾羽将它"翻"成白话。

新文学的初期名作，鲁迅的《狂人日记》，篇首为文言笔记体，日记是白话。我总觉得里面有一些共同点，就是转型适应，适应转型。

五十七

五四时代还形成了一种翻译文体，也是转了很久的型，影响白话小说的文体至巨。

初期的翻译文句颇像外语专科学校学生的课堂作业，努力而不通脱，连鲁迅都主张"硬译"，我是从来都没有将他硬译的果戈理的《死魂灵》读过三分之一，还常俗说为"死灵魂"。

我是主张与其硬译，不如原文硬上，先例是唐的翻译佛经，凡无对应的，就音译，比如"佛"。音译很大程度上等于原文硬上。前面说过的日本词，我们直接拿来用，就是原文硬上，不过因为是汉字形，不太突兀罢了。

翻译文体还有另外的问题，就是翻译者的汉文字功力，容易让人误会为西方本典。赛林格的《麦田守望者》，当初美国的家长们反对成为学生必读物，看中译文是体会不出他们何以会反对的。《麦田守望者》用王朔的语言翻译也许接近一些，"守望者"就是一个很规矩的英汉字典词。

中译文里译《麦田守望者》的粗口为"他妈的"，其中的"的"多余，即使"他妈"亦应轻读。汉语讲话，脏词常常是口头语，主要的功能是以弱读来加强随之的重音，形成节奏，使语言有精神。

节奏是最直接的感染与说服。你们不妨将"他妈"弱读，说"谁他妈信哪！"听起来是有感染力的"谁信哪！"，加上"的"，节奏就乱了。

翻译文体对现代中文的影响之大，令我们几乎不自觉了。中文是有节奏的，当然任何语言都有节奏，只是节奏不同，很难对应。口语里"的、地、得"不常用，用起来也是轻音，写在小说里则字面平均，语法正确了，节奏常常就消失了。

中国的戏里打单皮的若错了节奏，台上的武生甚至会跌死，文字其实也有如此的险境。

翻译家里好的有傅雷翻巴尔扎克，汝龙翻契诃夫，李健吾翻福楼拜等等。《圣经》亦是翻得好，有朴素的神性，有节奏。

好翻译体我接受，翻译腔受不了。

没有翻译腔的我看是张爱玲，她英文好，有些小说甚至是先写成英文，可是读她的中文，节奏在，魅力当然就在了。钱锺书先生写《围城》，也是好例子，外文底子深藏不露，又会戏仿别的文体，学的人若体会不当，徒乱了自己。

你们的英语都比我好，我趁早打住。只是顺便说一下，中国古典文学中，只在诗里有意识流。话题扯远了，返回去讲五四。

五十八

对于五四的讲述，真是汗牛充栋，不过大体说来，都是一种讲法。

我八五年在香港的书店站着快速翻完美国周策纵先生的《五四运动史》，算是第一次知道关于五四的另一种讲法。我自小买不起书，总是到书店去站着看书，所以养成个驼背水蛇腰，是个腐朽文人的样子。

八七年又在美国读到《曹汝霖一生之回忆》，算是听到当年火烧赵家楼时躲在夹壁间的人的说法。

总有人问我你读过多少书，我惯常回答没读过多少书。你只要想想大陆的几套关于中国历史的大部头儿巨著，看来看去是一种观点，我怎么好意思说我读过几套中国历史呢？

一九八八年，大陆的《上海文论》有陈思和先生与王晓明先生主持的"重写文学史"批评活动，开始了另外的讲法，可惜不久又不许做了。之后上海的王晓明先生有篇《一份杂志和一个"社团"——论"五四"文学传统》登在香港出版的《今天》九一年第三、四期合刊上，你们不妨找来看看。

他重读当时的权威杂志《新青年》和文学研究会，道出新文学的醉翁之意不在酒。

有意思的是喝过新文学之酒而成醉翁的许多人，只喝一种酒，而且酒后脾气很大，说别的酒都是坏酒，新文学酒店亦只许一家，所谓宗派主义。

我觉得有意思的是，世俗小说从来不为自己立传，鸳鸯蝴蝶派作家范烟桥二十年代写的《中国小说史》大概是唯一的例外，他在六十年代应要求将内容补写到一九四九年，书名换作《民国旧派小说史略》。

新文学则为自己写史，向世俗小说挑战，用现在的话来说，是夺取解释权，建立权威话语吧？

这样说也不对，因为世俗小说并不建立解释权让人来夺取，也不挑战应战，不过由此可见世俗小说倒真是自为的。

五十九

新文学的功利主义，到毛泽东的《在延安文艺座谈会上的讲话》，可说是重新油漆了一遍，像个新样式。

它作为战时动员可以，道理就像战时需灯火管制，可和平时期还灯火管制，难免令人想到战时。这个新样式，影响了直到今天的大陆小说，不可不说上两句。

五四的新文学里，加给小说的是"改造国民性"，所以小说是手术刀，划开哪一层，哪一个部位，端看革命者的需要。

到了《在延安文艺座谈会上的讲话》，刀子下得不太一样了，大众当然要被改造和被宣传，但大众的"国民性"到这时因革命的需要，并非一无是处，大众需要"宠"一下，才好做革命的力量，所以有动员大众、为大众服务的说法。

为大众服务，因此有大众文学，再加上广泛的抗日民族统一战线，这一来，你们是不是觉得有点恢复世俗文学的味道？

唐玄宗、宋徽宗再是文艺皇帝，明崇祯再有为，都没有想到利用世俗文艺，难怪毛泽东要感叹"数风流人物，还看今朝"。

六十

毛泽东是个厉害角色，他其实是看不起五四革命文人的，笔下稍稍一转，新文学就没有了，新名为"工农兵文艺"，"文艺为工农兵服务"。

工农兵何许人？就是世俗之人。为世俗之人的文艺是什么文艺？当然就是世俗文艺。

所以从小说来看，延安小说乃至延安文艺工作者掌权后的小说，大感觉上是恢复了小说的世俗样貌。"深入生活"是不愿意白养活文学长工，吆喝大家下地。

古来的世俗小说家哪个叫人吆喝过？

从赵树理到浩然，即是这一条来路。平心而论，赵树理和浩然，都是会写的，你们不妨看看赵树理初期的《李有才板话》、《孟祥英》、《小二黑结婚》、《罗汉钱》，真的是乡俗到家，念起来亦活灵活现，是上好的世俗小说。只有一篇《地板》，为了揭露地主的剥削本质，讲乱了，读来让人体会到地主真是辛苦不容易，算是帮了倒忙。

当年古元的仿年画的木刻，李劫夫的抗日歌曲如《王二小放牛郎》，等等等等，都是上好的革命世俗文艺，反倒是大城市来的文化人像丁玲、艾青，有一点学不来的尴尬。

六十一

一九四九年中国共产党进城，整个文艺样貌，是乡村世俗文艺的逐步演变，《白毛女》从民间传说到梆子调民歌剧到电影到芭蕾舞就是个活生生的例子。

从小说来看，《新儿女英雄传》、《高玉宝》、《平原游击队》、《铁道游击队》、《敌后武工队》、《烈火金刚》、《红岩》、《苦菜花》、《迎春花》、《林海雪原》、《欧阳海之歌》、《金光大道》等等，都是世俗小说中英雄传奇通俗演义的翻版。才子佳人的翻版则是《青春之歌》、《三家巷》、《苦斗》等等，真也是一个轰轰烈烈的局面。

"文革"后则有得首届"茅盾文学奖"的长篇《芙蓉镇》做继承，只不过作者才力不如前辈，自己啰嗦了一本书的二分之一，世俗其实是不耐烦你来教训人的。*

研究当代大陆小说，"革命"世俗小说是一个非常明显的线索。

值得一提的是，大陆四十年来的电影，是紧跟在工农兵文艺、也就是"革命"世俗文艺后面的。谢晋是"革命"世俗电影语言最成熟的导演，就像四九年以前世俗之人看电影必带手绢，不流泪不是好电影一样，谢晋的电影也会让革命的世俗之人泪不自禁。

这样的世俗小说，可以总合五四以来的"平民文学"、"普罗文学"、"大众文学"、"为人生的文学"、"写实文学"、"社会文学"、"革命文学"等等一系列的革命文学观，兼收并蓄，兵马齐集，大体志同道合，近代恐怕还没有哪个语种的文学可以有如此的场面规格吧？

可惜要去其糟粕，比如"神怪"类就不许有，近年借拉丁美洲的"魔幻现实主义"，开始还魂，只是新魂比旧鬼差些想象力。

又比如"言情"类不许写，近年自为的世俗开始抬头，言情言色俱备，有久别胜新婚的憨狂，但到底是久别，有些触摸不到位，让古人叫声惭愧。

"社会黑幕"类则由报告文学总揽，震动世俗。

六十二

"工农兵文艺"是伪的，因为新中国是扫除自为的世俗的，由此建立的权威话语，是一种强效消除世俗剂，礼下庶人的酱萝卜，偶尔下饭虽无不可，常吃肯定营养不良。

不过既要讲工农兵，则开始讲历史上"劳动人民的创造"，"创造"说完之后，你可以闭上眼睛等那个"当然"，"当然"之后一定是耳熟能详的"糟粕"，一定有的，错了管换。虽然对曹雪芹这样的人比较客气，加上"由于历史的局限"，可没有这"局限"的魅力,何来《红楼梦》？

话说过头儿了就忘掉我们的时代将来也会是古代，我们也会成古人。

毛泽东对革命文艺有个说法是"革命现实主义与革命浪漫主义相结合"，是多元论，这未尝不是文艺之一种。说它限制了文艺创作，无非是说的人自己限制了自己，你不照做就是了，至多是不能发表。

但这个说法，却是有来历的，它是继承五四新文学的"写实主义"与彼时兴盛的浪漫主义，只是五四的浪漫主义因为自西方的十八世纪末十九世纪初的浪漫主义而来，多个人主义因素，毛泽东的浪漫主义则是集团理想，与超现实的新中国理想相谐，这一转倒正与清末以来的政治初衷相合，对绝大多数的中国人来说，基本上不觉得突兀。

六十三

说起来，我是读五四新文学这一路长大的，只不过是被推到一个边缘的角度读，边缘的原因我在讲世俗的时候说过了，有些景观也许倒看得更细致些。

五四的文学革命，有一个与当时的提倡相反的潜意识，意思就是虽然口号提倡文字要俗白，写起来却是将小说诗化。

我说过，中国历来的世俗小说，是非诗化的，《红楼梦》是将世俗小说入诗的意识的第一部小说。《金瓶梅词话》里的"词"，以及话本小说的"开场诗"，并非是将诗意入小说。

在我看来，如果讲五四的文学革命对文学的意义，就在于开始诗化小说，鲁迅是个很好的例子，我这么一提，你们不妨再从《狂人日记》到《孤独者》回忆一下，也许有些体会。鲁迅早期写过《摩罗诗力说》，已见心机。

所以我看鲁迅小说的新兴魅力，不全在它的所谓"解剖刀"。

西方的文学，应该是早将小说诗化了，这与中国的小说与诗分离的传统不同。但西方的早，早到什么时候，怎样个早法，我不知道，要请教专门研究的人。我只是觉得薄迦丘的《十日谈》还是世俗小说，到塞万提斯的《唐·吉诃德》则有变化，好像《红楼梦》的变化意义。当代的一些西方小说，则开始走出诗化。

五四引进西方的文学概念，尤其是西方浪漫主义的文学概念，中国的世俗小说当然是"毫无价值"了。

这也许是新文学延续至今总在贬斥同时期的世俗文学的一个潜在心理因素吧？但新文学对中国文学的改变，影响了直到今天的中国小说，已经是存在。

比如现在中国读书人争论一篇小说是否"纯",潜意识里"诗化"与否起着作用,当然"诗化"在变换,而"纯"有什么价值,就更见仁见智了。

六十四

由此看来，世俗小说被两方面看不起，一是政治正确，"新中国"和"新文学"大致是这个方面，等同于道德文章。我们看郑振铎等先生写的文学史，对当时世俗小说的指斥多是不关心国家大事，我以前每读到这些话的时候，都感觉像小学老师对我的操行评语：不关心政治。

另一个方面是"纯文学"，等同于诗。

中国有句话叫"姥姥不疼，舅舅不爱"，意思是你这个人没有什么混头儿了。

这是一个母系社会遗留下来的意思，"姥姥"是母系社会的大家长，最高权威，"舅舅"则是母系社会里地位最高的男人。这两种人对你没有好看法，你还有什么地位，还有什么好混的？

世俗小说既不表现出政治上的及时的正确，又少诗意，只是世俗需要的一种"常"，当然政治正确这个"姥姥"不疼，诗或纯文学这个"舅舅"不爱了。

大陆四九年以后的革命现实主义与革命的浪漫主义相结合，还有一样东西没有写在字面上，就是政治权力，所以实际是三结合。

五四的文学革命，公开或隐蔽，也就到了所谓建立新文学权威话语这个地步。当年文学研究会的沈雁冰编《小说月报》，常攻击"礼拜六派"，后来书业公会开会，同业抗议，商务印书馆只好将沈雁冰调去国文部，继任的是郑振铎。继续攻击。

当国家权力掌握文学权威话语之后，后果你们都知道，不必我来啰嗦。

六十五

大陆四十年来的封闭，当然使我这样的人寡闻，自然也就孤陋。

记得是八四年底，忽然有一天翻上海的《收获》杂志，见到《倾城之恋》，读后纳闷了好几天，心想上海真是藏龙卧虎之地，这"张爱玲"不知是躲在哪个里弄工厂的高手，偶然投的一篇就如此惊人。心下惭愧自己当年刚发了一篇小说，这张爱玲不知如何冷笑呢。

于是到处打听这张爱玲，却没有人知道，看过的人又都说《倾城之恋》没有什么嘛，我知道话不投机，只好继续纳闷下去。幸亏不久又见到柯灵先生对张爱玲的介绍，才明白过来。

《围城》也是从海外推进来，看后令人点头，再也想不到钱锺书先生是写过小说的，他笔下的世俗情态，轻轻一点即着骨肉。我在美国或欧洲，到处碰到《围城》里的晚辈，苦笑里倒还亲切。

以张爱玲、钱锺书的例子看，近代白话文到他们手里才是弓马娴熟了，我本来应该找齐这条线，没有条件，只好尽自己的能力到处剔牙缝。

实在说，当代的大陆，拔除得哪里还有牙？

还有一个例子是沈从文先生，我在八十年代以前，不知道他是小说家，不但几本文学史不提，旧书摊上亦未见过他的书。后来风从海外刮来，借到一本，躲在家里看完，只有一个感觉：相见恨晚。

我读史，有个最基本的愿望，就是希望知道前人做过什么了。如果实际上有，而"史"不讲，谈何"历"呢？

我开始写小说的时候，正是中国大陆的"无产阶级文化大革命"，恰是个没有出版的时期，所以难于形成"读者"观念，至今受其所"误"，读者总是团雾。

但写的时候，还是有读者的，一是自己，二是一个比我高明的人，实际上就是自己的鉴赏力，谨慎删削，恐怕他看穿。

我之敢发表小说，实在因为当时环境的孤陋，没见过虎的中年之牛亦是不怕虎的，倒还不是什么"找到自己"。

六十六

中国大陆八〇年代开始有世俗之眼的作品，是汪曾祺先生的《受戒》。

我因为七九年才从乡下山沟里回到北京，忙于生计，无暇他顾，所以对七六年后的"伤痕文学"不熟悉。有一天在朋友处翻检旧杂志，我从小就好像总在翻旧书页，忽然翻到八〇年一本杂志上的《受戒》，看后感觉如玉，心想这姓汪的好像是个坐飞船出去又回来的早年兄弟，不然怎么会只有世俗之眼而没有"工农兵"气？

《受戒》没有得到什么评论，是正常的，它是个"怪物"。

当时响彻大街小巷的邓丽君，反对的不少，听的却愈来愈多。邓丽君是什么？就是大陆久违了的世俗之音嘛，久旱逢霖，这霖原本就有，只是久违了，忽自海外飘至，路边的野花可以采。

海外飘至的另一个例子是琼瑶，琼瑶是什么？就是久违了的"鸳鸯蝴蝶派"之一种。三毛亦是。之后飘来的越来越多，头等的是武侠。

六十七

《受戒》之后是陕西贾平凹由《商州初录》开始的"商州系列"散文。平凹出身陕南乡村，东西写出来却没有工农兵文学气，可见出身并不会带来工农兵文学，另外的例子是莫言。

平凹的作品一直到《太白》、《浮躁》，都是世俗小说。《太白》里拾回了世俗称为野狐禅的东西，《浮躁》是世俗开始有了自为空间之后的生动，不知平凹为什么倒惘然了。

平凹的文化功底在乡村世俗，他的近作《废都》，显然是要进入城市世俗，不料却上了大陆的城市也是农村这个当。

一九四九年以后，大陆的城市逐渐农村化，以上海最为明显。上海所有的城市外观，都是在四九年时类似电影的停格，凝固在那里，逐渐腐蚀成一个大村镇的样子。

我去看上海，好像在看恐龙的骨骼，这些年不断有新楼出现，令人有怪异感，好像化石骨骼里长出鲜骨刺，将来骨刺密集，也许就是上海以后的样子。

《废都》里有庄之蝶的菜肉采买单，没有往昔城里小康人家的精致讲究，却像野战部队伙食班的军需。明清以来，类似省府里庄之蝶这样的大文人，是不吃牛羊猪肉的，最低的讲究，是内脏的精致烹调。共和国之后的文化，基本是向军旅的文化构成看齐，文人文化在消灭之列。

因此我想这《废都》，并非是评家评为的"颓废之都"，平凹的意思应该是残废之都。粗陋何来颓废？沮丧罢了。

中文里的颓废，是先要有物质、文化的底子的，

165

在这底子上沉溺，养成敏感乃至大废不起，精致到欲语无言，赏心悦目把玩终日却涕泗忽至，《红楼梦》的颓废就是由此发展起来的，最后是"落了个白茫茫大地真干净"，可见原来并非是白茫茫大地。

你们不妨再去读《红楼梦》的物质细节与情感细节，也可以去读张爱玲小说中的这些细节，或者读朱天文的《世纪末的华丽》，当会明白我说的意思。

大陆的粗陋枯瘦，拿什么来颓废？颓废什么？政治失意，又少自为余地，失望衔怨罢了。大陆有的是"白茫茫大地"无物可颓的无可作为，譬如地球上的林木消失，水质败坏，空气污染，食物链中断，瘟疫横行，人类尚无移民其他星球的能力，只好等死。

我读《废都》，觉到的都是饥渴，例如性的饥渴。为何会饥渴？因为不足。这倒要借《肉蒲团》说一说，《肉蒲团》是写性丰盛之后的颓废，而且限制在纯物质的意义上，小说主角未央生并非想物质精神兼得，这一点倒是晚明人的聪明处，也是我们后人常常要误会的地方。所以我们今天摹写无论《金瓶梅词话》还是《肉蒲团》，要反用"饱汉子不知饿汉子饥"为"饥汉子不知饱汉子饱"来提醒自己。

汉语里是东汉时就开始出现"颓废"这个词了，我怀疑与当时佛学初入中土有关。汉语里"颓废"与"颓丧"、"颓唐"、"颓靡"、"颓放"，意义都不同，我们要仔细辨别。

顺便提一下的是，《废都》里常写到"啸"，这啸是失传了又没有失传。啸不是我们现在看到的对着墙根儿溜嗓子，啸与声带无关，是口哨。我们看南京西善桥太岗寺南朝墓出土的"竹林七贤"的砖画，这画的印刷品到处可见，其中阮籍嘟着嘴，右手靠近嘴边做调拨，就是在啸。记载上说阮籍的歌啸"于琴声相谐"，歌啸就是以口哨吹旋律。北宋儒将岳飞填词的《满江红》，其中的"仰天长啸"，就是抬头对天吹口哨，我这样一说，你们可能会觉得岳武穆不严肃，像个阿飞。后来常说的剪径强盗"啸聚山林"，其中的啸也是口哨，类似现在看体育比赛时观众的口哨，而不是喊，只不过这类啸没有旋律。

六十八

　　天津的冯骥才自《神鞭》以后，另有一番世俗样貌，我得其貌在"侃"。天津人的骨子里有股"纯侃"精神，没有四川人摆"龙门阵"的妖狂，也没有北京人的"老子天下第一"。北京是卖烤白薯的都会言说政治局人事变迁，天津是调侃自己，应对神速，幽默妩媚，像蚌生的珠而不必圆形，质好多变。

　　侃功甚难，难在五谷杂粮都要会种会收，常常比只经营大田要聪要明。天津一地的聪明圆转，因为在北京这个"天子"脚边，埋没太久了。

天津比之上海，百多年来亦是有租界历史的，世俗间却并不媚洋，原因我不知道，要由天津人来说。

我之所以提到天津，亦是有我长期的一个心结。近年所提的暴力语言，在文学上普通话算一个。普通话是最死板的一种语言，作为通行各地的官方文件，使用普通话无可非议，用到文学上，则像鲁迅说的"湿背心"，穿上还不如不穿上，可是规定要穿。

若详查北京作家的文字，除了文艺腔的不算，多是北京方言，而不是普通话。但北京话太接近普通话，俗语而在首善之区，所以得以滑脱普通话的规定限制，其他省的方言就没有占到便宜。

以生动来讲，方言永远优于普通话，但普通话处于权力地位，对以方言为第一语言的作家来说，普通话有暴力感。大陆的电影，亦是规定用普通话，现在的领袖传记片，毛泽东说湖南话，同是湖南人的刘少奇却讲普通话，令人一愣，觉得刘少奇没有权力。

由于北京的政治地位，又由于北京方言混淆于普通话，所以北京方言已经成了次暴力语言，北京人也多有令人讨厌的大北京主义，这在大陆的世俗生活中很容易感到。我从乡下回到北京，对这一点特别触目惊心。冯骥才小说的世俗语言，因为是天津方言，所以生动出另外的样貌，又因为属北方方言，虽是天子脚边作乱，天子倒麻痹了，其他省的作家，就占不了多少这种便宜。

而且，大陆各省的党政军子弟，都以一口普通话以示权力背景。

六十九

后来有"寻根文学"，我常常被归到这一类或者忽然又被拨开，搞得我一副踉踉跄跄的样子。

小说很怕有"腔"，"寻根文学"讨厌在有股"寻根"腔。

真要寻根，应该是学术的本分，小说的基本要素是想象力，哪里耐烦寻根的束缚？

以前说"文以载道"，这个"道"是由"文章"来载的，小说不载。小说若载道，何至于在古代叫人目为闲书？古典小说里至多有个"劝"，劝过了，该讲什么讲什么。

梁启超将"小说"当"文"来用，此例一开，"道"

171

就一路载下来，小说一直被压得半蹲着，蹲久了居然也就习惯了。

"寻根文学"的命名，我想是批评者的分类习惯。跟随的，大部分是生意眼。

但是"寻根文学"有一点非常值得注意，就是其中开始要求不同的文化构成。"伤痕文学"与"工农兵文学"的文化构成是一致的，伤是自己身上的伤，好了还是原来那个身，再伤仍旧是原来那个身上的伤，如此循环往复。"寻根"则是开始有改变自身的欲望。

文化构成对文学家是一个非常重要的事。

七十

不过"寻根文学"却撞开了一扇门，就是世俗之门。

这扇门本来是《受戒》悄悄打开的，可是魔术般的任谁也不认为那是门。直要到一场运动，也就是"寻根文学"，才从催眠躺椅上坐起来，慌慌张张跑出去。习惯运动的地区，还得先靠运动。

自此一发不可收拾。虽然还有工农兵文艺腔的"改革文学"等等，世俗之气却漫延开了，八九年前评家定义的大陆"新写实文学"，看来看去就是渐成气候的世俗小说景观。

像河南刘震云的小说，散写官场，却大异于清末的《官场现形记》，沙漏一般的小世小俗透透道来，机关妙递，只是早期《塔铺》里的草莽元气失了，有点少年老成。

湖南何立伟是最早在小说中有诗的自觉的。山西李锐、北京刘恒则是北方世俗的悲情诗人。

南京叶兆言早在《悬挂的绿苹果》时就弓马娴熟。江苏范小青等一派人马，隐显出传统中小说一直是江南人做得有滋有味，直至上海的须兰，都是笔下世俗渐渐滋润，浓妆淡抹开始相宜。又直要到北京王朔，火爆得沾邪气。

王朔有一点与众不同，不同在他居然挑战。我前面说过，世俗小说从来没有挑战姿态，不写文学史为自己立言，向世俗文学挑战的一直是新文学，而且追到家门口，从旁看来，有一股"阶级斗争"腔。

有朋友说给我，王朔曾放狂话：将来写的，搞好了是《飘》，一不留神就是《红楼梦》。我看这是实话，《飘》是什么？就是美国家喻户晓的世俗小说。《红楼梦》我前面说过了，不知道王朔有无诗才，有的话，不妨等着看。

王朔有一篇《动物凶猛》，我看是中国大陆文学中第一篇纯粹的青春小说。青春小说和电影在大陆以外是一个很强的类，但在大陆要发芽，空气的温度湿度都不正常。我曾巴望过大陆"第五代导演"开始拍"青春片"，因为他们有机会看到世界各国的影片，等了许久，只有一部《我的同学们》算是张望了一下。看来"第五代"真的是缺青春，八十年代初大陆有过一个口号叫"讨回青春"，青春怎么能讨回呢？过去了就是过去了。一把年纪时讨回青春，开始撒娇，不成妖精了？

上海王安忆的《小鲍庄》，带寻根腔，那个时期不沾寻根腔也难。到《小城之恋》，是有了平实之眼的由青春涌动到花开花落，《米尼》则是流动张致的"恶之华"。

包括"三恋"与《岗上世纪》，王安忆是大陆四九年以后第一个将肉欲之爱写得如此诚恳的人，自然不会沾黏意识形态的老套，我当年看的时候，真是心中舒了一口气，同情而且欢喜。

不到十年，平凹的《废都》也开始写肉欲之爱，虽然不自觉地杂有传统中男性的狭邪，不过到底也算是一种开始。

175

王安忆后来的《逐鹿中街》是世俗的洋葱头，一层层剥，剥到后来，什么都有，什么都没有，正在恨处妙处。王安忆的天资实在好，而且她是一个少有的由初创到成熟有迹可寻的作家。

南京苏童在《妻妾成群》之前，是诗大于文，以《狂奔》结尾的那条白色孝带为我最欣赏的意象。这正是在我看来大陆"先锋小说"多数在走的道路，努力摆脱欧洲十八世纪末的浪漫余韵，接近二十世纪艾略特以后的距离意识。

当然这样粗描道不尽微意，比如若以不能大于浪漫的状态写浪漫，是浪漫不起来的，又比如醋是要正经粮食来做，不可让坏了的酒酸成醋。总之若市上随手可买到世界各类"精华糟粕"只做闲书读，则许多论辩自然就羞于"为赋新词强说愁"了。

苏童以后的小说，像《妇女生活》、《红粉》、《米》等等，则转向世俗，有了以前的底子，质地绵密通透，光感适宜，再走下去难免成精入化境。

七十一

我读小说，最怵"腔"，古人说"文章争一起"，这"一起"若是个"腔"，不争也罢。

你们要是问我的东西有没有"腔"，有的，我对"腔"又这么敏感，真是难做小说了。一个写家的"风格"，仿家一拥而仿，将之化解为"腔"，拉倒。

我好读闲书和闲读书，可现在有不少"闲书腔"和"闲读腔"，搞得人闲也不是，不闲也不是，只好空坐抽烟。

又比如小说变得不太像小说，是当今不少作家的一种自觉，只是很快就出来了"不像小说"腔。

木心先生有妙语：先是有文艺，后来有了文艺腔，后来文艺没有了，只剩下腔，再后来腔也没有了文艺是早就没有了。

七十二

　　抱歉的是，对台湾香港的小说我不熟悉，因此我在这里讲中国小说的资格是很可怀疑的。

　　在美国一本中文小说总要卖到十美金以上，有一次我在一家中文书店看到李昂的《迷园》，二十几美金，李昂我认识的，并且帮助过我，于是拿她的书在手上读。背后的老板娘不久即对别人说，大陆来的人最讨厌，买嘛买不起，都是站着看，而且特别爱看"那种"的。这老板娘真算得明眼人，而且说得一点儿不差。店里只有三个人，我只好放下《迷园》，真是服气这世俗的透辟。这老板娘一身上下剪裁合适，气色灵动，只是眼线描得稍重了。

不过我手上倒有几本朋友送的书，像朱天文、朱天心、张大春等等的小说，看过朱天文七九年的《淡江记》并一直到后来的《世纪末的华丽》，大惊，没有话说，只好想我七九年在云南读些什么鬼东西。

我自与外界接触，常常要比较年月日，总免不了触目惊心，以至现在有些麻木了。依我的感觉，大体上台湾香港的文学自觉，在时间上早于大陆不只五年。你们若问我这是怎么个比较法，又不是科学技术体育比赛，我不知道，不过倒想问问大陆近年怎么会评出来一级作家二级作家，而且还印在名片上到处递人，连古人都不如了。

你们在座当中大陆来的人听了也不必负气，静下心来想想，七九年大陆世俗凋敝，全民忙于平反，文学还自觉在"工具"这一点上。意气之争于鉴赏力无补。不过在艺术上负气使性倒也罢了，漫延到另外的地方，就是麻烦。

我向来烦"中学生作文选"，记得高一时老师问全班若写一座楼当如何下笔，两三个人之后叫起我来，我说从楼顶写吧。不料老师闻言大怒，说其他同学都从一楼开始写，先打好基础，是正确的写法，你从楼顶开始，岂不是空中楼阁！

我那时还不懂得领异标新，只是觉得无可无不可。后来在香港看一座楼从顶建起，很高兴地瞧了一个钟头。

平心而论，七九年时大陆的大部分小说，还是中学生作文选的范文，我因为对这类范文的味道熟到不必用力闻，所以敢出此言。而且当时从域外重新传进来的例如"意识流"等等，也都迅速中学生文艺腔化，倒使我不敢小看这工农兵文学预备队的改造能力。

另外，若七九年的起点就很高，何至于之后大陆评家认为中国文学在观念上一年数翻，而现在是数年一翻呢？

电影亦是如此，八三年台湾侯孝贤拍了《风柜来的人》，十年后才有大陆宁瀛的《找乐》的对世俗状态的把握。

七十三

既然说到世俗，则我这样指名道姓，与中国世俗惯例终究不合，那么讲我自己吧。

我的小说从八四年发表后，有些反响，但都于我的感觉不契腻，就在于我发表过的小说回返了一些"世俗"样貌，因为没有"工农兵"气，大家觉得新，于是觉得好，我在一开始的时候说过了，中国从近代开始，"新"的意思等于"好"，其实可能是"旧"味儿重闻，久违了才误会了。

从世俗小说的样貌来说，比如《棋王》里有"英雄传奇"、"现实演义","言情"因为较隐晦，评家们对世俗不熟悉，所以至今还没解读出来，大概总要二三十年吧。不少人的评论里都提到《棋王》里的"吃"，几乎叫他们看出"世俗"平实本义，只是被自己用惯的大话引开了。

语言样貌无非是"话本"变奏，细节过程与转接暗取《老残游记》和《儒林外史》，意象取《史记》和张岱的一些笔记吧，因为我很着迷太史公与张岱之间的一些意象相通点。

再有的不在这里说了，比如《孩子王》里教书人面软里硬的不合作，无非是与后来被定义的"暴力语言"唱点个人对台戏，总之这是另外的话题。

王德威先生有过一篇《用〈棋王〉测量〈水沟〉的深度》，《水沟》是台湾黄凡先生的小说，写得好。王德威先生亦是好评家，他评我的小说只是一种传统的延续，没有小说自身的深度，我认为这看法是恳切的。

你们只要想想我写了小说十年后才得见张爱玲、沈从文、汪曾祺、钱锺书等等就不难体会了。

七十四

我的许多朋友常说，以中国大陆"无产阶级文化大革命"的酷烈，大作家大作品当会出现在上山下乡这一代。

我想这是一种误解，因为"无产阶级文化大革命"的文化本质是狭窄与无知，反对它的人很容易被它的本质限制，而在意识上变得与它一样高矮肥瘦，当然这矮瘦还有四九年一路下来的文化贫瘠的原因。

文学的变化，并不相对于政治的变化，五四新文学的倡导者，来不及有这种自觉，所以我这个晚辈对他们的尊重，在于他们的不自觉处。

近年来有一本《曼哈顿的中国女人》很引起轰动，我的朋友们看后都不以为然。我读了之后，倒认为是一部值得留的材料。这书里有一种歪打正着的真实，作者将四九年以后中国大陆文化构成的皮毛混杂写出来了，由新文学引进的一点欧洲浪漫遗绪，一点俄国文艺，一点苏联文艺，一点工农兵文艺，近年的一点半商业文化和世俗虚荣，等等等等。狭窄得奇奇怪怪支离破碎却又都派上了用场，道出了五十年代就写东西的一代和当年上山下乡一代的文化样貌，而我的这些同代人常常出口就是个"大"字，"大"自哪里来？

《曼哈顿的中国女人》可算是难得的野史，补写了大陆新中国文化构成的真实，算得老实，不妨放在工具书类里，随时翻查。经历过的真实，回避算不得好汉。

上山下乡这一代容易笼罩在"秀才落难"这种类似一棵草的阴影里。"苦难"这种东西不一定是个宝，常常会把人卡进狭缝儿里去。

七十五

又不妨说，近年评家说先锋小说颠覆了大陆的权威话语，可是颠覆那么枯瘦的话语的结果，搞不好也是枯瘦，就好比颠覆中学生范文会怎么样呢？而且，"颠覆"这个词，我的感觉是还在"无产阶级文化大革命""造反有理"的阴影下。

若说有颠覆，我体会大陆的大部分先锋小说对"工农兵文学"的颠覆处，在于其阴毒气。"礼下庶人"的结果，造成中国世俗间阴毒心理的无可疏理。五四新文学揭露礼教杀人，我们看鲁迅的《狂人日记》及《呐喊》

里其他诸篇，正是有这种阴毒力度的。从这一点来说，大陆当代先锋文学是继承五四新文学的最初的力度的。例如不少人对残雪自称是鲁迅之后的唯一者不以为然，从阴毒说，不妨以为然。

"工农兵文学"有一种假阳刚，影响到八十年代的大陆电影虽然要摆脱"工农兵电影"，但常常变成洒狗血，脱不出假阳刚的阴影。

顾城和谢烨自德国过洛杉矶回纽西兰，与之夜谈，不知怎么我就聊到中国大陆人的"毒面孔"，还扮了个眼镜蛇的相，谢烨神色触动随即掩饰过去。顾城随后的杀谢烨，他性格虽不属强悍，却算得是抢先一步的毒手。顾城原来在我家隔壁的合作社做木匠，长年使斧。

我总觉得人生需要艺术，世俗亦是如此，只是人生最好少模仿艺术。不过人有想象力，会移情，所以将艺术移情于人生总是免不了的。

我现在说到五四，当然明白它已经是我们自身的一部分了，已经成为当今思维的丰富材料之一，可是讲起来，不免简单，也是我自己的一种狭隘，不妨给你们拿去做个例子吧。

七十六

八九年之后，中国大陆小说样貌基本转入世俗化，不少人为之痛心疾首，感觉不出这正是大陆小说生态可能恢复正常的开始，一种自为的小众小说也许会随之形成。

这当然要拜扫除世俗自为的压力开始松动，于是世俗抬头之赐。我总是觉得，现在的中国大陆，刚从心绞痛里缓过一口气来。

说到世俗，尤其是说到中国世俗，说到小说，尤其是说到中国小说，我的感觉是，谈到它们，就像一个四岁的孩子，一手牵着爹一手牵着娘在街上走，真个是爹也高来娘也高。

我现在与你们谈，是我看爹和看娘，至于你们要爹怎么样，要娘怎么样，我不知道。

爹娘的心思，他们的世界，小孩子有的时候会觉出来，但大部分时间里，小孩子是在自言自语。我呢，无非是在自言自语吧。

我常常觉得所谓历史，是一种设身处地，感同身受。

我的"身"就是这样一种身，"感"当然是我的主观，与现实也许相差十万八千里。

你们也看得出来我在这里讲世俗与小说，用的是归纳法，不顺我的讲法的材料，就不去说。

我当然也常讲雅的，三五知己而已，亦是用归纳，兴之所至罢了。

归纳与统计是不同方法。统计重客观，对材料一视同仁，比较严格；归纳重主观，依主观对材料有取舍，或由于材料的限制而产生主观。

你们若去读"鸳鸯蝴蝶派"，或去翻检大陆的书摊，有所鄙弃，又或痛感世风日下，我亦不怪，因为我在这里到底只是归纳。

七十七

科学上说人所谓的"客观",是以人的感觉形式而存在。譬如地球磁场,我们是由看到磁针的方向而知道它的存在;回旋加速器里的微观,射电天文望远镜里的遥远,也要转成我们的感觉形式,即是将它们转成看得到的相,我们才开始知道有这些"客观"存在。不明飞行物,UFO,也是被描述为我们的感觉形式。

不转成人的感觉形式的一切,对于人来说,是不"存在"的。

所谓文学"想象",无非是现有的感觉形式的不同的关系组合。

我从想通这个意思以后，就闭上了自己的鸟嘴，闭了足有二十多年，现在来说的无非是我的感觉形式中的中国世俗与中国小说，嘴既闭久了，开口不免有些臭。

又，我从小总听到一句话，叫做"真理愈辩愈明"，其实既然是真理，何需辩？在那里就是了。况且真理面对的，常常也是真理。

当然还是爱因斯坦说得诚恳：真理是可能的。我们引进西方的"赛先生"上百年，这个意思被中国人自己推开的门压扁在外面的墙上了。

这样一来，也就不必辩论我讲的是不是真理，无非你们再讲你们的"可能"就是了。我自己就常常用三五种可能来看世界，包括看我自己。

谢谢诸位的好意与耐心。

附 录

中国世俗与中国文学 [1]

再谈《闲话闲说》

二十年前有一个小册子叫《闲话闲说》，讲的是中国世俗和中国小说。那本书是台湾《时报》出版社的经理跟我说约一本书，我就把历次关于该话题的讲演集合在一块儿，反映了上个世纪九十年代初听众的水平。外面的人比较直接，经常会问，比如对贾平凹的小说怎么看，也问了关于莫言的小说，所以才有这部

---

1 本文为作者 2016 年 9 月 28 日在中国人民大学所作题为"中国世俗与中国文学"的讲座，根据现场文字整理。

分的集合，专门说当代作家。后来我才知道这很犯忌，不可以这样指名道姓地说。当然产生了恶果，这个恶果我承担了。我对贾平凹先生很尊敬，但提问里具体回答，就针对该问题，不够全面。回到国内时，他们就说你不可以这么说，要绕点弯子，直接说的话销售会受影响。所以以后这个问题我不太回答。

当时大家和海外比较关心的是中国的先锋小说，先锋小说在那个时代势头很旺，我根据这个势头做了稍微的调整，就讲讲世俗，不讲先锋，因为先锋牵扯到现代性的问题。中国不是没有颠覆继承的系统或者颠覆主流说法、主流思想，比如明朝李贽写的《焚书》，《焚书》都是颠覆性的事。李贽死在北京，墓在通州，通州现在是北京的副中心，大家有兴趣可以去看看李贽的墓，以免拆迁的时候把墓拆了。李贽对当时主流东西的颠覆性很大。

现在说的先锋小说，实际上是西方概念。为什么从西方来？因为那时候的西方已经完成现代化，走进后现代了。"现代"和"后现代"的概念，如果大家不是很清楚，或者没有一个大致判断，会影响我们的理解。

实际而言，现代性是针对欧洲一直以来的专制，将其颠覆掉，英国在这方面的经验比较成熟。我个人觉得英国对中国的启发是最大的，或者最值得我们去研究。为什么？因为英国也是一个帝制传统、皇帝传统。

中国皇帝的潜意识一直没有消退。我记得一九八○年我从云南回来，正赶上改革开放，那时候有些人倒牛仔裤。牛仔裤本来是工人穿的，比较结实，后来变成高级消费品。卖牛仔裤的人给我一个名片，说以后你要买或者朋友要买，给我打电话。我看这个名片上写的是"总裁"。我说你手下有几个人？他说就一个人。我说那怎么叫总裁？他说自己管自己就行了。很多这样的人拿出"总经理"、"总裁"等名片，都是最大的。这其实是皇帝思想的投射，一旦有机会就要过一下瘾。现在则有些换成"大师"，比如我在大街上看到"皇家牛肉面"，一个平民食品前面要加"皇家"。所以我们潜意识里做皇帝这件事的权威一直都在，而现代性首先颠覆的是这个。

第一次颠覆的是君主立宪派，现在英国女王是象征性的，整个国家的运转靠议会和政府总理大臣。另外一个是日本和欧洲的君主立宪。这个是怎么完成的？其实是现代性完成的，把绝对权威颠覆了，颠覆后才有可能有现代。一战的时候有些权威没有颠覆，但立宪这件事情比较普遍，或者民主政府已经基本实现了。但为什么会发生一战？欧洲知识分子认为欧洲是文明的，就怎么会发生一战进行了深刻反省，反省一战的积极成果是现代性要继续走下去，没有什么可犹豫的。但接着发生二战，二战的希特勒是选上来的，他做了一次集权、专制，知识分子又反省：为什么现代性建立之后还会发生这样的事情？二战之后，关于现代性的问题基本固定，政治上的权威要被颠覆。

与之相应的是什么？以小说为例，或者扩大到艺术时，什么叫现代艺术？现代艺术首先是不承认一个继承的、已经存在的系统。因此先锋（Avant-garde），其实是侦察连的意思，首先突破，后面的才跟上。所以先锋是关于颠覆主流话语。如果文学有一个主流话语要去颠覆，绘画上有一个主流话语要去颠覆，音乐上有一个主流的话要去颠覆，这里面其实非常清楚，比如对于古典音乐的颠覆。在绘画上，为什么杜尚的小便池很重要？从小便池之后，大家对绘画有点莫名其妙，说这个是画吗？——不，颠覆的就是这个概念。"这个是画吗？"——作品的概念转化了，艺术的概念也转化了。

其实这些东西对五四新文化运动有影响。五四倡导的问题是现代性，但中国的现代性一直没有解决。尽管现在大家穿的、吃的、用的，好像跟现代国家没有什么区别，但是在颠覆性上面，在艺术的颠覆上，我们基本上是前现代。如果我们对自己、对现代艺术有一个比较清楚的认识时，会比较踏实一点。比如余华，当时说是先锋作家，但是我看不太像，我觉得王朔是。因为余华是另开一桌，系统语言是一桌，我另开一桌，开了这个小桌，但那个大桌还在正常吃，这个不叫颠覆。王朔的语言是大桌语言，但是大家吃菜时觉得"味道不对，是不是坏了？"这才是颠覆，原来的意义被颠覆了。所以我认为中国的现代小说家或者先锋小说家是王朔，这个颠覆性非常大。后来有不少的播音员使用王朔的语法。大家对毛语言的东西一听就笑，这是王朔造成的。九十年代这么多先锋作家没有完成这件事，他们在主流的大桌上开了一个先锋的小桌，大桌没有被黜。

七八十年代和九十年代文学上不断有这么大动静，一个原因是那个时候社会没有现在丰富，所以文学承担了非常多的任务，比如新闻的，比如评论的。到了九十年代末期至本世纪时，国家比以前开放得多，这时候文学就不承担那么多任务了，所以相对地回到它本分的地方。回到本分时，大家的注意力不在上面，有那么多的东西，要发表自己的看法，不必借助文学——微信都能提供这个场所——所以文学这部分也不承担。慢慢这个文学回来了，文学到底承担着什么，这个问题现在讨论比较有意义，否则之前会跟其他很多意义勾结在一起，谈不清。

今天在人大这里重提二十年前的《闲话闲说》，更多是将文明和文化做一些联系。也就是说中国人的基本文明和文化状态没有我们想象的这么糟糕。现在当然有很多人忧心忡忡，其实这么多人忧心忡忡正好证明这个社会没有崩溃，如果都不忧心忡忡，那么这个社会已经崩溃了，不需要再操心了。忧心忡忡这个东西是我们的文脉，该文脉是由原始儒家传下来的，也就是孔子传下来的。雅斯贝尔斯说过，公元前八百到两百年时世界大文明不约而同产生一些觉醒者。就东方来说，孔子是一个。雅斯贝尔斯所说的觉醒者面对的是什么？面对的是巫教社会，巫教社会只有集体无意识和集体潜意识，没有个人思维。没有个人思维才决定了古代思人著述，自己但凡有点想法时就要跟人家不断地说说，有机会就会有著述，但古代思人著述描述的正好是巫教社会的集体意识。孔子有个人意识和思维，很有名的是"子不语怪力乱神"，这四样（怪力乱神）就是巫教的本质。因为处在一个巫教的社会，这个社会正好是中国的礼慢慢转变的时代，孔子转得快，不谈巫教的东西，把巫教的东西具体化了。我们看到老子讲"道"，讲这个讲那个，不讲神也不讲怪，所以老子也是"不语怪力乱神"。因此这两个人都是轴心时期的代表人物、觉醒人物。看《论语》时，孔子碰到人，说你的样子长得很像丧家犬，或者你是"知其不可而为之"的人，这些人都有自己的思想。从这些记述来看，那时候有一批人处于觉醒状态，对于集体无意识的东西已经突破了，开始有个人、个性的思维。

为什么有这样的东西？和中国文明发生的关系在哪儿？中国人很早开始叫自耕农。自耕农，我们老觉得好像都是农场、都在一起干活，不是的。以前有井田制——劳作、农作的井田制，什么是井田？为什么要划分成这样的？"井"字其他的这几块是私田，这些私田是自耕农，但他们要耕种当中的这块公田。对此，《诗经》里明确说，公田那儿下雨了（"雨我公田"），"遂及我私"，表达清楚。公田是用于公共事务、往上交税。所以我们基本上是一个自耕农社会。自耕农曾经在巫教时代就存在，在孔子的时代（公元前五百年）觉悟了——他有自己的土地，这个土地可以买卖。他发现有自己的财产，这个财产不可侵犯时，就会有"我"的概念，没有"我"的概念，则社会不可能进步。"我"这个概念，有人说是很自私的一种东西，没有"公"的概念。不是，人家有公田，有公有私时，这个区别已经出现了。

巴金抨击旧式家庭、旧式家族时，他应该明白宗祠的宗姓里有公田的概念，我们都姓李，都来种豆，每家都有自己的田，但有一块是公祠的田，种的这块田交给祠堂，祠堂拿它来做社会保险。什么叫社会保险？李姓的人得了大病，个人完全负担不起，医药方面负担不起，就从这里面拿出来由大家评议给他补助，帮他渡过难关。还有老爷子死掉了，寡母孤儿需要救助，也是从公田里面资助。姓李的宗法圈子里，有一个人特别聪明，念书不费力，这个族长就召集各家商议，说送李家的二小子去读书，但是寡母拿不出钱来，就从宗祠里拿出这部分钱，就去了清华、北大，然后去了美国读博士，最后这个人一定会回来，因为他知道他怎么上的学，是公田宗族养他的，因此他会回来，回来不一定报效祖国，但是报效宗祠。他的感恩非常具体，国家太大时，感恩不具体就这么划过去了。我们早期那么多在外读书的人会回来，与宗亲制度有关系。抗战的时候为什么有那么多人回来？也跟这个东西有关系。因此宗祠那时候代替的是社稷的概念。

我们现在在微信上、微博上讨论各种各样的话题，其实我们失去了一个词——社稷。以前的人是"我爱社稷"。社稷是什么意思？有祭祀，有这一片土地的粮食养活你，有神有土地，生你、养你的这一小块土地叫社稷。"社稷"的概念现在基本上没有了，有的是非常庞大的党，没有具体的"家乡"。"家乡"在以前就是我的社稷在那儿，宗祠每年过年祭祖宗事务非常具体，我知道这是我的地方，我是这里的子孙，我姓这个姓；你说我爱这个、忠于这个，就找到了具体的连接。扩大的时候，就是儒家说的"天下"。爱一个东西要非常具体。反过来说，中国世俗充斥其间，这个世俗有效地抵抗了绝对权威，动力比较实在，宗祠文化现在基本没有了，安徽老宅子是宗祠，是大家种公田一点一点盖起来的，但是那个也被卖掉了，等于把祖宗也卖掉了。当时我写文章用笔名，不能加"钟"，我姓钟，就把名拿出来，名是自己的，姓是传下来的，我发表《棋王》，作者如果是"钟阿城"的话，以前人们会说，因为你卖祖宗，出书会给你稿费，会赚钱，你加了"钟"，所以要把祖宗这个名去掉。我个人为了谋个生路，发表作品，不能干卖祖宗的事。这些都是一些不成文的规矩。

先秦到秦时，秦始皇还是秦的贵族，到了刘邦时，中国的文化或者中国文明有一个大的往下跌，跌什么？——之前是贵族管理，孔子培养的是士，这些士一代一代传下来，有些贵族会没落，没落到没有饭吃，他教这些人服务当时的权贵。到了刘邦时，刘邦是个平民、平头百姓，平头百姓坐天下后对如何治理这个国家不太懂，因此我们在《史记》上看到很多儒生骂他、指点他的东西。从刘邦开始，我们彻底摆脱了英国那样的贵族社会。以前的贵族社会是鲁迅批判的游戏态度，定规则，我把剑指在你胸前时你就输了，不需要刺进去，你也不需要再拼命，你认输了，这就是规矩。到了平民社会的时候，真的要扎进去，要把你干掉才会赢。毛泽东说宋襄公是蠢猪式的贵族，打仗的时候，别人在河对面，谋士说他们要渡河了，趁现在攻击，宋襄公说人家正准备要过河不能打，为什么不能打？因为规矩上不能打。对方下河、渡了河的时候，谋士说趁现在，赶快。也不能打，这是规矩。上了岸，人家要重新编队时也不能打。一到对方排队了，这时候可以打了，一打打败了。用现在的概念来说，当然

205

会被打败了。但规矩社会，有些东西是点到为止，有游戏规矩。两方打的历史记载非常多，比如车战，乙被打败了，甲去追他的时候，乙的车轮子掉了，甲下车就帮他装轮子，帮着他跑，乙能跑以后，甲继续回到自己的战车上追他。大家看这是游戏，在游戏规则里，我认失败，我认可你罚我。

但后来到刘邦的时候，中国人彻底不认可这个事。比如秦打败一个国家的将领，就拿一个耳朵，回去报功。秦统一六国时必须砍下人的头，但是那时回去祭祖、埋葬的时候要有头。秦是虎狼之师，除了战斗力很强外，还有一点是砍对方的头，被砍头就完蛋了，回不了家乡，子孙祭不了自己，于是敌人闻风而逃，赶快保住这个头。"自"本来是"首"加一个"或"，原来是"耳"，后来改成"首"，这是因秦的行为而改成的。所以秦的统一是一个不讲规矩的结果。到了刘邦的时候，真的是一点规矩都没有了。如果说中国有一次大断裂，那么是从汉朝开始的，平民往上走的时候，拿什么衔接或者建立什么，从汉代我们可以看得很清楚，刘邦用他的家乡祭祀代替国家祭祀。汉代的艺术非常明确的是这一点，即家乡祭祀，当时认为东夷的东西扩大为国家祭祀，变成汉代祭祀，根本在这儿，所以跟先秦那些东西都不一样了。

一路下来，"皇帝轮流坐，明年到我家"，和那个卖牛仔裤说"我是总裁"都是从刘邦这儿来的。刘邦作为一个平民上升到国家统治者，对小说有好处。为什么？原来贵族吃什么，咱们也得吃什么，所以汉画像上都是杀猪宰羊、宴饮。今天我得了权就吃，喜欢看杂技，列宁说过"杂技是最没劲的"，那就是底层娱乐，而且喝着酒，这边有很高的酒坛子，还有专门的吸管，这边有耍球的、走绳索的，底层的东西上升到国家层面。五十年代，北京的京戏很有名，但比这个更厉害的是地方戏，如川音、川剧、安徽的戏、山西的戏在北京轮流不断，为什么？因为我们中央首长是地方上的，不太喜欢京剧，而喜欢地方戏。这很像汉代的一个景象。还有很多，比如孔子见老子，这是比较高级的话题。其他很多传说，比如见西王母，这些原来都是底层的东西。底层里的街谈巷议资料我们不是太多，但是太史公写《史记》搜集到那么多东西，其实是街谈巷议，他自己本身有国家图书馆，有系统性的材料，同时跑了很多地方，听的大部分是街谈巷议，再把街谈巷议和国家系统联系起来，《史记》才会写得那么生动、那么像小说。这些东西浮现起来，世俗小说就开始出现了，但没有形成文字，就是街谈巷议。

世俗一直是中国小说最坚实的支持力量，做现代小说对于这个主流究竟持颠覆态度，还是把它作为资源发掘的态度？我不知道大家怎么看，我只是提醒。中国小说里，世俗基础非常雄厚。西班牙有一个《堂吉诃德》，我对西班牙不了解，这样的小说跟世俗有没有关系我不知道，但是我想起小时候（五六岁）家里请的两个阿姨，这两个阿姨都是老北京，而且当时院子里家家都有阿姨，她们上午做完早餐、打扫完房屋至中午饭前有很长一段闲时。做什么？一个阿姨拿《红楼梦》念，其他阿姨纳鞋底、打补丁，听她念，该笑的地方都笑。后来我发现她们笑的地方对于文学评论家来说是"这有什么可笑的"。这就是区别。当时没有记录材料，没有录音机，也没有摄像机，如果那个东西记录下来会很有意思，如果有这个材料，我就提供给文学评论家，比如搞红学的——你知道她为什么在这儿笑吗？其实跟世俗的人情世故特别契合的地方，她们就笑了。但是我那么小就记得她们说："谁家敢娶林妹妹？这么刁的一个人，使性子，不能娶这样的，跟婆婆的关系一定处理不好。"这一层的评论很有意思，这就是世俗评论。

以前西单、东单有说书的。现在有很多说书的录音，大家会听，以前宣武门外有小说书馆，靠说书挣钱的人，跟当时说的一个人念、别人听、议论有什么区别？说书人一边讲一边评，全由他一个人承担，说书绝对不能少了评，如果只说书不评的话就没人听。因为这个故事大家已经很熟悉了，就是要听你怎么评，你评得不好，调侃得不好，揶揄得不好，没人听你的。原来扬州有一个说书人叫王少堂，一个商人去听他说书，听到武松到狮子楼找西门庆。但不能继续听下去，生意不能耽误了，就走了，他听到武松从楼上往下走，忽然白光一闪，武松怎么样，就说下回再讲。商人听到这儿就走了。做了一个月生意回到扬州时，不知道讲到哪里，去了以后发现武松还没有下楼。这是世俗，世俗不是不要批评，世俗最重视批评，但这个批评拖了武松的后腿，不断地有评，评占了三分之二，所以武松这个楼下得非常慢。我小时候看他讲的武松，这本书很厚，大家有兴趣的话可以看一看。讲武松一脚把门踹开，这个讲了很久。还有讲老鹰怎么抓兔，兔怎么仰身一躺，把鹰给躲开了，说武松怎么学的，估计这个也得讲一个月。这样的东西，如果我们不把它当资源看就浪费了，世俗里的这些资源，如果我们看成旧的东西，看成低俗的东西，资源就利用不上。八十年代先锋小说不认为这是资源，反而认为《百年孤独》是资源。《百年孤独》可不可以是资源？可以是资源，莫言做得好的地方是两头取资源，一头是马尔克斯魔幻现实主义，一头是家乡资源，把这两个用起来，就比不会用本土资源的人要好得多，自己也觉得要好得多。

　　我不知道讲什么，跟认识的人可以掏心窝子，今天这么多人我怎么掏心窝子。光这么讲，越讲越觉得恐惧。所以现在跟大家交流。

Q&A

提问1：您写"三王"时，有没有意识到世俗资源是可以拿来用的？我觉得读"三王"，民粹色彩比较浓，普通民众很厉害，下棋很棒，自然观念也很超前，似乎跟您刚刚讲的世俗考量不大一样，不知道是不是这样？谢谢。

阿城："三王"是知识青年。不一样，做的是颠覆。小说"三王"已经变成古代的东西了，跟现代不一样，因为语境消失的时候，不知道颠覆的是什么，其实颠覆的就是主流问题。比如《树王》，当时的主流是只管生产不管其他，说不上环保，对整个自然是一个破坏，《树王》跟这个颠覆有关。《孩子王》跟教育有关，怎么挑这件事，是主人公有自己的东西，如果主人公不被允许这么教的话，那他就离开了，所以结尾时说，离开回生产队去，走着走着就高兴起来了——不是就这件事情跟你斗争，不可能，"文革"时最高能做到的只是不合作，做不到抗争。《棋王》也是，知青跟世俗特别地融在一起，但还是有一个界限。

提问 2：阿城老师您好，您介绍世俗时，它是诞生于中国帝制兴起以后，那么我们继承世俗资源这个东西时，有没有和权力相关的东西？比儒家更儒的东西有一些不太相洽的地方，不知道您怎么看世俗的继承？

阿城：我们现在更多讨论和议论的是权力关系。我们刚才说现代性，当它颠覆了政治权威时，接着要颠覆什么权威？我们现在看到西方左翼知识分子一直在他们的命题中兑现金融绝对权，我们现在的金融还没有成为绝对权。现在是挣钱的时候，怎么能颠覆这个权力？八十年代初，北大请詹姆斯给大家讲现代，当时很多人很奇怪：电视不是好东西，其实指的是金融这个绝对权力做广告，等于广告搜刮你。他明确地表达了西方知识分子要颠覆金融权威，这个权威比政治权威还厉害，因为金融是有学习能力和改变能力的。当时很多听讲座的人说，我们电视现在还买不着，他们都把电视要颠覆了，我们买电视还要用票。以前我们看得很明确，把这个耽误之后面临的是政治和金融联合的形势，也就是大家说的"政商联合"，这个更强、非常强。讨论权力于中国现实而言，已经没有八十年代初那么简单了，那时候没有金融权，现在金融权和政治权在一起，政商结合非常强大。

中国有一个传统叫"皇权不下县"。我们学历史时，感到皇帝一个人说的话是口衔天宪，权力是绝对的，但它知道适可而止，在县这儿就截断了，县底下这一层有活力，这个很有意思。这是中国社会文化和文明的特殊之处，绝对权力有收处，到县截止。县以下的社会，乡绅、宗法社会自行管理，由此创造性没有被压制。很早有一句话"帝力于我何有焉"，如果在县以上，权力会管你，权力会控制你，县以下是没有的。所以这个跟现代的世俗有点不太一样。我老家在河北白洋淀，农民说话不像话，现在农民不这么说，那时候民国已经往下，突破了县一级，但宗族一直顶着绝对权力。梁漱溟在山东县一级做农村改造，后来跟毛泽东的冲突也在这儿，梁漱溟认为他了解农民、农业、农村，毛的意思是你有我了解吗？其实梁漱溟了解的是"皇权不下县"的农村，毛的了解是突破县，这是两个概念，冲突肯定是激烈的。你问的问题很好，让我能够有一个区别，对传统世俗和现代世俗有一个区别。

提问3：阿城老师，您说关于世俗有一个关于礼貌的问题，三十年代或者四十年代的北京，南城、东西城有些话不能说，骂人的、带脏字的不能说。这个是不是一个时代的变迁？比如现在哪儿都有带脏话的字词，包括区域有人口的涌入，发生改变。随着社会的变化，整个趋势已经变化了。

阿城：这个趋势发生得特别多，从孔子的记录和言行可以看出来，古代社会，先秦的时候是"道德有区隔"，"礼不下庶人，刑不上大夫"讲的就是道德区隔，大夫这些人有尊严，因此不可以对他用刑，用刑以后，权威没有了。礼也不能下庶人，为什么？非常多的礼那不是一般老百姓脑子里能够记得住的。刘姥姥入大观园讲的就是这种事情，刘姥姥在礼之外，进入"礼"的时候一定出笑话。这体现的是道德区隔。所以古代社会设计时，你要是不想用"刑"的话，对不起，就别违反礼。对老百姓来说，也别跟他繁文缛节等等讲这么多东西，你做错了给你一巴掌，然后就记住了，下次不会再犯。有区隔的设计是中国文明里很聪明的一点，让你选，看你选哪个。

一直到汉武帝时，皇家教育才算成熟，然后重新建立汉代的道德区隔。你刚才说东西城，在我上中学时不许骂人，不许带脏字，否则老师会直接训斥。如果拐着弯骂人，老师听出来要说你，说你这是骂人。但没听出来就行。

苦水跟甜水打穿了，就全是苦水。比如"文革"红卫兵，红卫兵刚开始打流氓、抓流氓。流氓说话非常有意思，吃饭不叫吃饭，叫"撮"，红卫兵就学他们这个话。《老炮儿》这个电影没有把这一层揭示出来，如果把这一层揭示出来会非常有意思，当时红卫兵以说流氓话为荣。但当时的流氓以能穿军大衣为荣，后来冯小刚穿假军大衣，意思是红卫兵是我哥们。这两个结合起来，流氓话，也就是苦水层把甜水层给侵蚀了。女学生在街上说"盖了帽"，街坊老头就说这闺女瞎说什么，怎么这个话都敢在街上说。这是以前做妓女说的话，从上往下一坐进去了，这叫"盖了帽"，为什么喊这一句？意思是外面的人可以收钱了，实际发生性行为了。满街说"盖了帽"这就是苦水层。刘索拉和我说，六几年的时候，因为不会骂人和说脏字，觉得特别落后，被其他红卫兵看不起，专门在学校大操场上扯开嗓门练骂脏话。这是苦水层跟甜水层的关系，道德区隔的关系是"文化大革命"时破坏的。一直到现在，我看有的电视广播员还说"盖了帽"，这是全国性的。

提问 4：您刚刚提到颠覆，现在很多畅销书作家的书，比如大冰的书。这种书我觉得有他的内容，但不是好书，内容很世俗，同时有很大冲击力，这算书吗？颠覆有没有好坏观念？世俗应用到文学作品中，有没有好坏之分，有的话，度在哪里？

阿城：中国的世俗传统产生了跟世俗有关系的小说，这有一层东西——解决下层道德区隔的问题，主要是劝善。劝善，你说把这个颠覆掉，我不知道……我们都说中国人很善良，不是，中国人不善良，如果都善良就不用劝善了，是因为不太善，所以要倡导这个东西，说这么做会有报应。这是世俗小说很重要的功能。说书也是，一开始讲大轮回、报应，然后进入不善良的细节，先是善的宣言，然后是不善的细节，结果是一个不善的教训。大致是这样的。

提问5：老师您好，您刚才提到西方现代性主要特征是颠覆性，又提到王朔作品颠覆性比先锋作家如余华更强，您怎么理解王朔作品的颠覆性呢？我觉得他的作品更多体现在语言方面的颠覆。

阿城：这个很厉害，就是颠覆语言，我们是语言思维，我们把思维变了，语言就变了。

提问6：老师，您特别看重语言方面的东西？

阿城：我要不看重怎么回答你这个问题？王朔要颠覆的是大桌，他的颠覆结果是大家重新吃菠菜的时候，发现菠菜变味了，不是原来的味道，这就叫颠覆。

提问7：我觉得王朔虽然用不同的、非常新奇的语言形式表达他所要表达的内容，但实质上表达的东西没有太多变化。

阿城：没有吧？从学理、理论上常常要把他剔得很干净了才是，有些作家专门为评论写小说，你怎么写评论文章我就怎么做，成为一个范本。王朔没有这一套，但是他的行为是颠覆的，也就是你以前听到的主流话语，对不起，全变味了，变味不是颠覆是什么？

提问8：您的小说短句非常多，文言文也有短句传统，汪曾祺也有短句传统，你的小说短句从哪里来的？是有意为之，还是有传统？

阿城：世界语言最重要的是节奏。我们学西方的长句子造成很多人不知道应该在哪儿断句，不知道怎么断。我采取笨方法，标点符号不仅仅是语法的作用，同时是节奏点的作用。《礼记》更多是语法，现在用它做节奏式的标点。中文的节奏从古代传下来是四言，后来到唐代时，因为中亚音乐进来，才开始有五言、七言，比如《蜀道难》。为什么会写成这样的长短句？这和后来的曲、词进来的因素有关系，这就出现了新的节奏。对现代的人来说，以四言为基本节奏，里面产生一些小变奏，可以充分利用这个，我只是利用标点符号勾画出来。

提问9：我感觉到您使用标点符号的痕迹，但这样写短句是否太刻意了？

阿城：那我就改呗，如果你觉得是刻意的话（现场笑）。

提问10：我读了您的《常识与通识》一书，说先锋小说颠覆了之前的催眠系统，之后又形成了新的催眠系统，还说现在没有一种新的系统建立意识流，你写这篇文章时是很多年前了，不知道您现在是否还这么看这个问题？

阿城：是啊（现场笑）。意识流这个东西在中国发生得很早，但那个时候不用这样的批评去看。我们看曹植的《洛神赋》，这个赋通篇是意识流，不是连贯的，一会儿看这儿，一会儿看那儿，一会儿是这儿的感触、那儿的感触，累起一个赋。他老说乍阴乍阳，形容阳光透过树叶子在脸上，这是闪烁一时的感觉。又说鸟儿"将飞而未翔",扒着水面往前跑还没有飞起来，接着就转别的。《洛神赋》是最典型的中国古代意识流的价值观。汉赋里这种东西特别多，我小学、中学的时候对汉赋的批评是堆砌，但其实不是的，真的读汉赋，那个意识流很厉害，而且那时候是公元元年左右的时代，是老意识流，学学他们的写法。何立伟写过一个《白色鸟》，看他的小说我想起了《洛神赋》，跟《洛神赋》的方法是一致的。

图书在版编目（CIP）数据

闲话闲说：中国世俗与中国小说/阿城著.
—上海：上海三联书店，2019.4（2023.10 重印）
ISBN 978-7-5426-6473-0

Ⅰ.①闲… Ⅱ.①阿… Ⅲ.①随笔–作品集–中国–当代
Ⅳ.①I267.1

中国版本图书馆 CIP 数据核字 (2018) 第 206811 号

闲话闲说：中国世俗与中国小说

阿城　著

责任编辑 / 杜　鹃
特约编辑 / 黄平丽
装帧设计 / 陆智昌
内文制作 / 陈基胜

出版发行 / 上海三联书店
　　　　（200030）上海市漕溪北路331号A座6楼
邮购电话 / 021–22895540
印　　刷 / 山东韵杰文化科技有限公司

版　　次 / 2019 年 4 月第 1 版
印　　次 / 2023 年 10 月第 8 次印刷
开　　本 / 787mm×1092mm　1/32
字　　数 / 90 千字
图　　片 / 1 幅
印　　张 / 7.25
书　　号 / ISBN 978–7–5426–6473–0/I·1448
定　　价 / 48.00元

如发现印装质量问题，影响阅读，请与印刷厂联系：0533–8510898